윤이주소설

蘇生期

윤 이 주 소 설

蘇生期

제1판 인쇄 2017년 8월 21일
제1판 발행 2017년 8월 28일

지은이   윤이주
펴낸이   소종민

마케팅   (주)작은숲
디자인   봉구네
인쇄제본   (주)아이엠피

펴낸곳   도서출판 무늬
등록번호   제441-2010-000003호
등록주소   28209 충북 청주시 상당구 노현1길 14
홈페이지   cafe.daum.net/muneui
전자우편   muneui@hanmail.net
편집실   북클럽 체홉
주소   28533 충북 청주시 상당구 무심동로 328번길 6
전화   043-283-2595
홈페이지   cafe.daum.net/boowri
전자우편   minecrit@hanmail.net

ⓒ 소종민
ISBN 978-89-969846-6-5 03810
값 12,000원

윤이주소설 **蘇生期**

무늬

차례

금성이여, 안녕

07:00 A.M.

휴대폰 알람을 끈 뒤 사내가 라디오 볼륨을 높였다.

— 앞으로 9분 뒤면 금세기에 볼 수 있는 마지막 우주쇼가 시작됩니다. 우리 지구와 거의 같은 크기의 행성인 금성이 태양을 통과하는 이 쇼를 오후 1시 49분까지 우리나라 전역에서 관측할 수 있습니다. 2004년 6월 8일에도 이 쇼가 펼쳐졌습니다만 그때 우리나라는 전국적으로 흐리고 비가 와서 관측이 거의 불가능했으나….

볼륨을 죽인 사내가 다시 기타를 집어 든다. 그의 손가락 끝에서 구슬픈 선율이 피어나다가 이내 멎는다. 그는 창으로 시선을 옮겨두고 잠시 그대로 있다. 지척에 그녀가 묵는 숙소가 있지만 아무 것도 보이지 않는다. 짙은 산안개 탓이다. 그는 주방 서랍에서 무색의 매니큐어를 찾아와 끝이 갈라진 오른손 엄지손톱에 바른 뒤 담배에 불을 붙인다. 담배연기는 좋은 경화제다.

다행히 부러진 게 아니어서 손톱수리작업은 간단히 끝이 난다. 연기 한 모금을 더 손톱으로 불며 그는 다시금 어떤 도시의 스파를 떠올린다. 유토피아란 이름에 걸맞게 시설이 퍽 좋았으며 그에겐 그다지 중요하지 않았지만 물마저 좋다고 소문이 나서 멀고 가까운 곳에서 두루 손님이 몰려들던 곳이었다. 사람들로 북적대던 그 스파는 도의 북동쪽과 남서쪽에 숙소를 두고 있던 그의 중간기착지였다. 그날처럼 비가 오면 잠이 더 쏟아져서 운전은 더욱 위험해지곤 했다. 그럴 때면 어김없이 도로를 빠져나와 스파로 길을 잡아야했다.

안개가 걷히며 창으로 감자밭의 비탈진 실루엣이 드러나기 시작한다. 사내는 기타를 내려놓고 세면실로 향한다. 떠돌이 생활이 힘에 부쳐서 산골에 허름한 집 한 칸을 마련한 건 최근이었다. 그는 이제 더 이상 길 위에서 숙식을 해결하지는 않는다. 하지만 이미 늙어버렸다. 사내는 이제 쉰여덟의 중늙은 이가 되었다. 세면실 거울에 어린 이 익숙하지만 낯선 얼굴이 바로 자기였다.

그 스파는 여전할까? 양치거품처럼 궁금증이 피어나자 사내는 서둘러 입을 헹군다. 세안을 마친 그가 거울 속 사내를 보며 여전할까, 묻지만 거울 속 사내는 자신이 그 질문을 던진 사람처럼 사내의 대답을 기다리는 눈치다.

6층짜리 빌딩의 1층엔 카운터와 식당, 커피점이 있었다. 남자 사우나는 2층에, 찜질방은 3층에 있었다. 4층엔 여자 사우나, 5층엔 헬스클럽, 6층엔 수영장이 있다는 안내문구만 보았지 그는 그 빌딩의 3층 이상을 올라가 본 적은 없었다. 그날도 반들대는 나무계단을 밟아 3층으로 올라가고 있었다. 4층에서 내려오는 발이 먼저 보였다. 엄지발톱에 까만 매니큐어를 바른 발의 주인은 사내애처럼 짧은 커트머리를 하고 있었다. 분홍색 찜질복을 입고 있으니 틀림없는 여성이었겠지만 어쩐지 사내아이처럼만 여겨진 그니를 만난 그 날은 목요일이었다.

가만있자 오늘이 무슨 요일이지? 무릎이 나온 추리닝을 벗고 비행복으로 갈아입으며 그가 중얼거린다. 고작 수요일이군! 휴대폰을 주머니에 넣다가 다시 꺼내어 들여다보지만 오늘은 수요일이 틀림없다.

이제 교육생 네 명을 픽업해 이륙장으로 향할 시간이다. 사내의 손이 다탁 위에 놓인 고글을 집어 든다. 여덟시에는 첫

비행을 해야 한다. 그래야 교육생들과 점심을 함께할 수 있을 테니.

08:19 A.M.

"민선주씨는 병원을 참 싫어하시나 봐요?"

기체의 방향을 왼쪽으로 틀어 능선을 벗어나며 질문인지 확신인지 불분명한 어조로 교관이 외친다. 바람에 부딪쳐 흔들리는 그의 말은 모호하다. 그렇더라도 민선주는 그 어조가 은근한 책망을 담고 있다는 것쯤은 눈치 챈다.

"저 유월의 강이 안 보인다는 거죠? 진즉에 안과를 가셨어야하는 거 아닌가요?"

유월의 강은 뭐가 얼마나 다른가? 교관의 말에 민선주는 아래를 내려다보았으나 다만 뿌옇다. 처음으로 무언가를 조망할 수 있는 높이에 눈이 놓였으나 그 눈엔 아지랑이만 일렁일 뿐이다.

냇가에서 알몸으로 멱을 감다가 때마침 냇가로 나온 남자애들 패거리를 피해 올라간 버드나무에서 알몸으로 떨어진 초등학교 4학년 이후 민선주는 마을에 유일한 이층이었던 농협연쇄점을 올라가는 것도 불가능하였다. 야트막한 돌다리에서도 부러 그러는 양 개천 물로 발을 헛디디곤 했다.

뚜-뚜-뚜-. 고도계가 다급한 소리를 내자 민선주의 몸은 더욱 굳는다.

"민선주씨, 우리는 고도 1,300미터에 있습니다."

교관이 알려주는 높이는 다만 몸으로 감지될 뿐이다. 저 아래에서 강은˙ 태극문양으로 도시를 에워싸고 은빛비늘을 반짝이고 있다지만 민선주의 눈엔 안개만이 모락모락 피어난다. 노안이야 진작 왔지만 그 차원이 아니다. 어지럽다. 눈에 심각한 문제가 생긴 게 분명했다.

"기가 막힌 상승기류를 탔으니 더 올라가 볼까요? 시야에 들어오는 모든 것을 찬찬히 보세요. 이 아래가 소백산입니다. 저 멀리 희미하게 보이는 게 월악산이구요. 이 높이에서 이렇게 천천히 산들을 볼 수 있다는 것은 쉽지 않은 경험일 겁니다. 아 참, 눈이 잘 안 보인다고 했지요?"

뒤에서 기체를 조종하며 목청을 높이고 있는 교관은 민선주의 짜증 따윈 아랑곳하지 않는다. 흥분이라는 이스트를 첨가한 목소리가 뭉게뭉게 부푼다. 성가시다. 고도계도 덩달아 뚜-뚜-뚜- 급박한 소음을 내뱉는 통에 민선주는 내내 인상을 구긴 채 눈을 감고 있다. 귀 마저 먹먹하지만 비행은 생각보다 편안하다. 눈을 감고 가만히 바람을 탄다. 확실히 떠 있다. 그 느낌은 분명하다.

"체험비행이 있다는 걸 어떻게 아셨어요?"

강 둔치에 사뿐히 착륙한 뒤 그녀의 하네스를 묶고 있던 비너를 풀며 교관이 묻는다. 이번엔 확실한 질문이다. 민선주는 그의 눈을 가리고 있는 까만 고글을 바라보며 쭈뼛쭈뼛 말을 찾는다. 그러면서 선생에게서 질문을 받은 아이처럼 가능한 성실하게 답하고자 애쓰는 저에 대해 다시금 알 수 없는 짜증이 밀려왔으나 그녀는 교관의 질문에 또박또박 대답한다.

"작년 여름에 백두산엘 갔어요. 여행 중에 패러글라이딩 스쿨을 운영하는 분을 만났고, 그분에게서 이런 체험 프로그램이 있다는 걸 들었습니다."

"아, 스쿨을 하실 정도면 패러를 정통으로 하신 분이군요. 혹시 그 분이 여기를 소개하시던가요? 그 분 성함이 어떻게…?"

비릿한 물냄새가 바람에 실려 왔다. 민선주는 갑자기 이곳의 강바람이 싫어진다. 더군다나 그녀에게 비행체험을 해준 이 중늙은 파일럿이 말할 수 없이 귀찮다. 객기로 시작한 일정이 다 끝났으니 이제 집으로 돌아가면 된다. 그렇더라도 담배 한 대가 간절해서 그녀는 재빨리 비행복을 벗어두고는 픽업차량이 진입하는 쪽이 아닌 강 쪽 풀밭으로 서둘러 걸음을 옮긴다. 교관은 뻘쭘해져서 흐트러진 캐노피를 접고 있을 거였다.

08:40 A.M.

기체를 담은 커다란 자루가 무겁게 느껴진 게 어제오늘의 일은 아니었지만 요즘은 더했다. 사내는 픽업차량을 향해 기체를 메고 가며 공중에 떠서 한가하게 바람을 타는 글라이더들을 바라본다.

순수한 비행이지. 패신저를 위해 몇 가지 곡예를 하거나 비행시간을 적절히 배분하는 일 따위를 벗어난 비행. 말 그대로 순수한 비행을 자신은 이미 오래전에 작별했다. 그는 먹고 살기 위해 비행을 한다. 비행교육과 체험비행을 하며 일용할 양식을 구하고 있는 것이다. 사내가 픽업차량 하나를 골라 기체를 던진다. 아직도 세 명의 교육생이 체험을 기다리고 있다. 체험을 끝낸 교육생 민선주가 약간 비틀대며 강변 풀밭으로 향하고 있는 게 보인다. 최초의 비행 후 패신저들은 종종 다리가 풀리곤 한다. 불러 괜찮은지 살피고 함께 이륙장으로 갈까 하다가 내버려 두기로 한다. 이미 픽업차량은 만원이었다.

픽업차량은 그의 교육생 하나를 숨긴 풀밭을 지나간다. 한 타임의 비행을 끝내고 픽업차량을 기다리는 파일럿의 무리들을 지나간다. 비행복차림의 저를 카메라에 담느라 분주한 패신저들을 지나간다. 그는 여느 때와 마찬가지인 풍경을 닫고자 눈을 감는다. 어디선가 희미하게 비누냄새가 나는 것 같다. 목요일의 스파로 접근하는 모양이라고 그는 생각한다.

저녁 전이시면 같이 하실래요?

분홍 찜질복의 그녀였다. 하지만 꼭 그녀라고 할 수도 없었다. 허깨비 같았다. 정신은 사라지고 몸만 남은 형체가 그러할까. 그 몸도 어딘지 모르지만 미세하게 닳아버린 것 같았다. 그러한 형체가 사내를 내려다보고 있었다. 누워있던 그가 후다닥 일어나 앉았다. 그녀는 제 형체가 흩어질까 조심하는 듯 천천히 내려앉았다.

스파의 찜질방에 누워있으면 모든 시선이 두렵게 느껴졌다. 그는 누워서 종종 자신이 얼마나 낮은가, 실감하곤 했다. 일어나 앉은 자에게도 조망당하는 누워있는 사람들. 하물며 서 있거나 걸어 다니는 사람들에게는 더 말할 나위가 없었다. 누워선 언제나 눈을 감아야했다. 그런데 그녀는 자신처럼 그 점을 분명히 감지한 듯 보였다. 그녀는 눈을 맞추어 천천히 내려앉았다. 그가 그대로 누워있었다면 그녀 역시 시선의 높이를 맞추기 위해 곁에 누워 말을 붙였을 것도 같았다.

같이 식사하실래요?

그녀가 다시 물었다. 둘은 시선의 높낮이가 틀어질까 조심하며 서로의 속도에 맞추어 일어섰다. 서로의 속도에 맞추어 찜질방 한 편에 마련된 식당으로 갔고 테이블에 앉을 때도 누가 먼저 앉아 시선의 높이가 급격히 틀어지는 일이 없도록 속도를 맞추었다. 음식은 형편없었지만 테이블을 사이에 두고 마주앉아 함께 밥을 먹는다는 게 중요한 의식처럼 생각되었다.

함께 식사를 하고 있었지만 통성명도 없었다. 식사를 마친 다음이 그는 잘 기억이 나지 않는다. 다만 둘이 나란히 누워 함께 천정을 올려다본 건 기억난다.

그때 우리는 시선의 높이를 수평으로 두고자 애썼던 것이 분명해. 그러나 나나 서로가 서로의 곁에서 시선의 높이를 맞추는 것만큼 그때 우리 사이에 더 자연스러운 일은 없었던 거겠지.

스파에서 처음으로 같은 눈높이로 마주보게 된 그날 이후, 목요일이면 어김없이 그녀와 저녁밥을 함께 먹었다. 그녀와 함께 저녁을 먹기 위해 때때로 주린 배를 움켜쥐고 고속도로를 달리곤 했다.

언제나 시선의 높이에 신경을 썼지. 나란히 누울 때조차 베개 개수마저 맞추곤 했으니까. 나란히 누워 스파의 천정을 바라볼 때 나는 설레었던가? 어떤 기대와 설렘이 없었다고는 할

수 없으나 나는 언제나 만성피로 상태였지. 그니의 비누 냄
새는 말할 수 없이 청량했지만 난 이내 잠이 들곤 했지. 아주
잠깐 눈을 붙였다 싶었는데 깨어나 보면 그니는 사라지고 없
었지. 그니가 없는 빈 매트였지만 거기엔 여전히 비누냄새가
남아있었어.

"대장님, 다 왔어요."

픽업을 담당하는 김이 사내를 흔들어 깨운다. 비누 냄새는
사라지고 차안을 꽉 채운 땀 냄새가 코를 찔러온다.

09:03 A.M.

그늘도 없는 풀밭에 앉아 민선주는 담배 한 대를 더 빼문
다. 1박2일의 교육과 체험이 이제 끝났다. 교관을 모시고 함
께했던 교육생들과 점심을 먹기로 되어 있지만 거기까지 참가
하고 싶지는 않다. 어제는 정말로 혹독한 하루였다. 우선 캐
노피를 펼치는 것부터가 쉽지 않았다. 하네스와 연결된 캐노
피를 들어서 팽팽하게 세우는 것이 훈련의 정점이었다. 모든
과정이 어렵고 난감했다. 뙤약볕이 쏟아지는 야외에 있는 것만
으로 숨이 찼다. 기체를 들어 올려 교육장의 언덕을 달려 내
려오다 잠깐 떴다 착륙하는 것까지가 그들이 완수해야할 목
표였다. 어제의 훈련은 생각보다 혹독했고 좀 전의 비행체험

역시 난감했다. 그렇더라도 교육비로 이체한 돈을 날리진 않
았다는 자부심은 가져도 좋다고 그녀는 고개를 주억거리며
풀밭에 숨어 담배 한 모금을 깊이 빤다.

1박2일의 체험교육에 참여한 사람은 네 명이었다. 그녀 외
에 나머지 세 사람은 모두 자영업을 하는 남자들이었다. 서
울에서 파주에서 그리고 대구에서 온 사람들이었다. 우연찮게
도 세 사람 모두 사십 대 초중반이었는데 심지어 그들은 하
는 일마저도 비슷했다. 서울에서 온 이는 건축 감리사였고 파
주에서 온 이는 비닐하우스만 전문으로 짓는 사람이었으며
대구에서 온 사람은 아버지가 하던 토건회사를 물려받은 사
람이었다. 그들은 처음부터 마음이 잘 맞았는데 민선주는 나
이에서도 성별에서도 직업에서도 그들과 무리 없이 섞이지 못
한 채 미운오리새끼 마냥 겉돌았다. 오십삼 세. 전형적인 갱년
기의 여인에게 누구도 특별한 관심을 보일 수는 없었으리라.
오히려 모두에게 그녀는 심히 불편한 존재였을 것이다. 용모
도 성격도 지극히 평범했으며 따로 내세울 직업도 없는 주부
가 패러글라이딩 교육을 받는다는 게 동호인이든 강사든 교
육생이든 여타의 관계자들을 불편하게 만들고 있었다.

게다가 그녀는 골초였다. 십여 년 전 남편이 어이없게 떠난
뒤 담배는 그녀의 유일한 낙이 되었다. 그때부터 암암리에 시

작된 시선의 핍박을 모르지 않았다. 그러한 시선에 포획된 그녀의 몸은 늘 부자유했다. 깨끗한 공기를 지닌 고지대숙소에선 그 시선의 핍박이 더했다. 자기관리를 못하는 사람. 그들의 시선에서 그녀가 읽은 건 그거였다. 이러한 경멸을 받으려고 몸소 여기에 온 것인가. 자못 허탈했다. 그리하여 담배 생각이 간절해지면 그녀는 모두를 피해 어딘가의 뒤쪽으로 자리를 옮겨야 했다.

어젯밤도 그랬다. 활공장 인근의 펜션 — 교육생들에겐 특별히 반값으로 할인을 해주고 있었다 — 은 해가 지자 패러스쿨의 교육생과 동호인들로 북적거렸다. 전국 각지에서 온 패러 동호인들과 몇 개의 스쿨들이 뒤섞이어 바쁜 벌처럼 붕붕거렸다. 남의 살을 태우는 연기가 초여름 밤을 부옇게 덧칠했다. 민선주는 와자한 소음들에서 떨어져 나와 펜션의 뒷마당으로 향했다.

그녀는 어둠에 몸을 가리고 담배 한 대를 피웠다. 앞마당과 달리 뒷마당은 그녀가 피워내는 담배연기를 깨끗하게 맡을 수 있을 만큼 신선했다. 청량한 공기에 스며드는 깨끗한 선율이 들려왔다. 그녀의 귀는 공기처럼 자연스럽게 흐르던 기타의 선율을 따라 나오던 맑은 음성을 감지했다.

너무 아름다웠던 추억을 회상하며 — 그대 잠든 얼굴 바라

보다가— 그대 이마 위에 입맞춤하고— 나지막이 속삭였네

안녕—

유난히 음악 경연 프로그램이 유행하던 어느 해에 맘에 턱 하니 들어와 이젠 그녀의 십팔번이 되어버린 노래가 들려왔다. 기타를 연주하며 누군가가 나직하게 부르고 있던 곡이 바로 그 곡이었다. 기타를 치며 가만가만히 노래를 부르는 남자의 목소리엔 세상에 저 밖에 없고 세상에 소통할 것은 오로지 제 상념일 뿐이라는 오만에 가까운 고독의 냄새가 났다. 그가 지나간 사랑에 갇혔다면 그녀는 그의 목소리에 갇혀 숨죽였다.

누구지? 누구였을까?

담배 두 대를 알뜰하게 다 태운 민선주가 풀밭에 벌렁 드러누워 여전히 귓가를 맴도는 노래를 읊조린다.

너무 아름다웠던 추억을 회상하며— 그대 잠든 얼굴 바라보다가— 그대 이마 위에 입맞춤하고— 나지막이 속삭였네

안녕—

10:30 A.M.

"아이구야, 굉장하군. 저기, 저 해를 좀 봐. 오늘은 유난히 더 크고 밝아 보이네. 우주쇼가 펼쳐지고 있는 건가? 육안으

론 안 보이는 걸?"

건축 감리사가 버릇인 듯 코맹맹이 소릴 낸다. 곁에 섰던 비닐하우스 시공전문가가 양손을 가슴에 모아 대고 말을 받는다.

"이 쿵쾅쿵쾅 뛰는 심장을 보자니 말이야. 눈엔 안보여도 우주쇼가 한창 진행중인 것 같아."

헤헤. 비굴한 웃음이 붙은 말투다. 이들 사이에도 벌써 상하관계가 생긴 모양이군.

800고도 이륙장에 기체를 펴고 바람의 방향을 가늠하던 사내가 건축 감리사를 불러 하네스를 입히고 비너를 연결했다. 헬멧을 쓰기 직전까지도 교육생 둘은 여전히 잡담에 빠져 있었다. 아직 두 명이 체험비행을 기다리고 있었으나 사내는 이미 지쳐 있었다. 대구에서 온 교육생을 태울 때만 해도 바람이 좋았다. 그러나 급격히 바람이 죽고 말았다. 기체를 펼쳐놓고 바람을 기다리던 파일럿들이 비너를 풀고 헬멧을 벗고 뻣뻣하게 굳은 목과 팔다리를 풀고 있었다. 차례를 기다리던 파일럿과 패신저들의 대열도 이미 흐트러진 채였다. 사내만이 끈질기게 바람을 기다리나 감감하다. 결국 사내는 감리사의 하네스와 연결한 비너를 풀었다.

"바람이 올 때까지 기다리는 수밖에 없어요."

감리사는 이내 표정이 냉랭해진다. 하늘을 나는 짜릿한 자유를 맛보기 위해선 지상에서 오래 기다려야 한다는 걸 사람들은 잘 이해하지 못했다. 일반인은 물론 신참 비행자들 역시 그랬다. 좋은 바람을 기다릴 줄 알게 된 것. 패러글라이딩이 사내에게 준 가장 큰 가르침 덕에 그는 이러저러한 안전사고와 거리가 멀었지만 종종 이러한 냉랭한 시선을 받기도 한다.

10분간의 비행을 위해 기체를 펴놓고 기약 없이 바람을 기다린다. 10분의 비행 후엔 흐트러진 기체를 가지런히 정리해 다시 자루에 담는다. 착륙장에 대기하고 있는 픽업차를 타고 이륙장에 다시 오른다. 바람이 좋아도 패신저 한 명당 최소 4, 50분의 시간이 걸린다. 교육생 네 명의 체험비행은 여덟시부터 준비되었다. 민선주를 태울 때만해도 좋은 바람이었다. 대구에서 온 교육생을 태운 두 번째 비행까지도 순조로웠다. 정오 전에 모든 교육을 끝낼 수 있을 것 같았다. 보통은 교육생들과 점심을 먹으며 교육을 정리하는 것으로 체험프로그램은 끝이 난다. 하지만 사내는 오늘 특별히 다른 계획을 하나 더 세워 두었다. 그러자면 때맞춰 좋은 바람이 불어주어야 할 터인데, 바람이 죽은 것이다. 벌써 한 시간째 바람을 기다리고 있다. 말릴 새도 없이 마음 급한 파일럿 하나가 비행을 시도하지만 여기저기서 놀란 탄식만 들린다. 다행히 뜨지 않고 비탈에 주저앉았기에 성급한 파일럿은 크게 다치진 않았다. 더 다행인 것은 작은 바람에도 어떻게든 비행을 하려던 파일럿들이 아예 그 의지를 꺾인 점이었다. 그나저나 언제까지 바람을 기다려야 하는 걸까?

사내는 저 아래 착륙장 어디에서 자신을 기다리고 있을 두 교육생에게 문자를 보낸다.

11:50 A.M.

강변 카페에서 아이스커피 한잔을 시켜 마시고 무료한 시간을 보내는데 문자가 도착했다는 알람소리가 났다. 교관으로부터 온 메시지였다.

위에 바람이 다 죽어서 쉬는 중입니다. 약속한 점심시간을 맞추기는 어려울 듯합니다. 바쁜 일정들이 있으시면 펜션으로 가는 셔틀을 타고 가셔서 짐 찾아 귀가하셔도 좋습니다. 마냥 기다리시기도 그럴 것 같고…. 함께 마무리를 하면 좋을 텐데, 안타깝게도 이 위 사정이 이렇습니다.

쳇, 어제만 해도 교육생에게 굽실굽실 고개를 숙이더니, 이제 끝났다는 거군. 이젠 어쩐다? 배낭은 대구교육생 차에서 진즉에 내렸다. 이대로 역으로 가도 될 일이지만 어쩐지 마음이 빡빡하다. 담배나 한 대 피우며 생각 좀 해보자고 민선주가 다시 풀밭을 향한다.

1박2일 동안 패러글라이딩에 관한 기초교육과 지상훈련 및 체험비행을 할 수 있는 값으로 19만 5천 원을 이체시킨 뒤, 민선주는 약간 사기를 당한 기분에 젖어들었다. 거실에 누워 하늘을 우러렀을 때 창으로 들어 온 하늘이 지금 이 하늘처럼 참으로 깨끗했다. 너 때문이야. 몽실몽실 떠있는 구름을 애꿎게 원망하지만 이렇게 누워 파란하늘을 보자니 번다한 마음이 등 뒤로 숨는다. 편안하다. 흐릿했던 눈도 맑아져 있다.

1박2일의 이 체험은 순전히 우발적인 행동의 뒷마무리에 불과한 거였다. 그 날 오후 민선주는 입덧이 심한 딸아이 전화를 받았다. 대학도 휴학하고 결혼부터 시킨 건 딸아이의 임신 탓이었다. 부끄러운 일은 아니었지만 허망한 기분은 어쩔 수 없었다. 그러나 어차피 딸애의 인생이었다.

먹고 싶다는 음식의 목록을 적은 메모지를 호주머니에 구겨 넣고 집을 나섰다. 살갗에 와 닿는 바깥의 기운들이 조금 성가셨지만 어미의 임무가 걸음발을 밀었다. 무릎이 나온 운동복 차림의 낡은 여자가 담장 옆에 버려진 거울을 지나쳤다. 바로 민선주 자신이었다. 오래된 소도시의 체념과 우울이 묻어 있는 바람이 그녀의 마음을 어지럽게 건드렸다.

터벅터벅 옮겨 딛는 발걸음만 내려다보며 걷던 그녀가 고개를 들어 주위를 살핀 건 목소리 때문이었다. 목소리는 쩌렁쩌 렁했다.

곤니찌와. 천황폐하 만세! 대 일본 제국의 명을 받들어 우리 는 여기에 와 있다. 곤니찌와. 천황폐하 만세!

소도시 하늘에 가만히 떠있던 솜털구름이 화들짝 놀라 엉 켰던 몸을 풀었고 민선주는 자신이 다리 위에 있다는 사실과 천왕폐하 만세를 외치는 뼈만 앙상한 노숙자의 곁이라는 사 실과 다리 아래로 천이 흐르고 있다는 사실을 한꺼번에 알아 챘다. 학교의 담을 넘어 나왔을 수염이 거뭇거뭇한 교복차림 의 남학생 둘이 "그래, 맞다, 만세다.", "네가 옳다, 곤니찌와 다." 비아냥대며 술에 취한 노인네를 툭 건드리며 지나가고 있었다.

멍청하게도 눈물이 났다. 그녀는 무릎이 나온 바지 밑으로 겨울양말이 드러난 슬리퍼에 잠시 시선을 떨어뜨렸다가 천왕 폐하 만세를 외치는 늙은이를 노려보다가 늙은이의 눈을 보 고 말았다. 텅 빈 눈이었다. 바람마저 숭숭 드나드는 눈이었 다. 그녀는 뜀박질로 그 자리를 피해 달아났다. 텅 빈 눈. 아 무 것도 간직하지 않은 구멍. 그 구멍으로 삼켜질 것만 같은 두려움을 피해 내달렸다. 다리를 벗어난 그녀는 근처 대형할 인마트로 가는 대신 애드벌룬에 매달려있는 패러글라이딩체험

학교 전화번호를 누르고 있었다.

다시 바람이 일어난 걸까? 솜털구름뿐이던 하늘엔 색색의 기체들이 떠있다. 나아가는지 정지한 건지 알 수 없다. 사진이래도 그림이래도 믿겠다. 저 풍경이 사진이나 그림이 아니라는 증거를 대는 게 제 임무란 듯 솜털구름이 뭉치고 풀어지고를 반복한다. 하늘에 한참 눈을 두고 있자니 눈이 시려왔다. 민선주가 두 눈을 감는다.

이제 눈은 괜찮은 것 같군. 고소공포가 낳은 일시적 문제였으려나?

그녀는 자신의 눈이 제대로 돌아온 것에 안도하며 깊은 숨을 내쉰다.

교관에게 한 번 더 태워달라고 할까? 돈을 더 내야하나? 뾰족한 이유도 없이 그녀는 귀가를 미루고 있었다.

12:15 P.M.

그니는 벌써 짐을 싸서 이곳을 떠난 것일까? 그니에게선 아무런 답이 없다. 전화를 해볼까? 사내는 캐노피를 접으며 착륙장을 두리번거린다. 문자를 십 분만 참았다면 좋았겠다고 사내가 가는 한숨을 쉰다.

탐스런 눈이 쏟아져 내리던 밤이었다. 크리스마스이브가 목요일이란 사실이 눈물겹도록 고마웠다. 나는 이미 당신과 만나는 그 시간에 정이 들었지. 그러나 당신은 더욱 말이 없어졌지. 저녁 하실래요? 라고도 묻지 않을 만큼.

그 저녁의 변함없이 형편없는 음식은 그러나 아무 문제가 아니었다. 그는 음식물 반입금지라는 스파의 지침을 어기고 조각 케이크와 커피를 포장해 찜질방 나무벤치 아래에 숨겨두고 있었다. 그러나 미리 말하자면 그 케이크와 커피는 그저 냄새만으로 역할을 다했을 뿐 봉투에서 꺼내어지지 않았다.

그날도 우리는 나란히 누워 천정을 올려다보고 있었지. 어떤 집요한 끌어당김에 이끌려 몸을 돌렸을 때 나를 빤히 바라보고 있는 당신의 눈을 보게 되었지. 우리의 사이는 한 뼘이 채 안 될 정도로 가까웠어. 당신의 눈과 나의 눈이 찜질방의 TV나 천정이 아닌 서로의 눈을 바라보고 있었지. 당신의 눈이 드러내고 있는 게 무엇인지는 알 수 없었으나 마음이 철렁했어. 당신의 눈은 웃지 않았으나 다정했어. 당신의 눈은 울지 않았으나 슬펐지. 하마터면 나는 손을 움직여 당신의 얼굴을 어루만질 뻔했으니까. 격정이 우리들 나란히 누운 한 뼘의 틈에 무럭무럭 쌓이고 있었지. 당신은 눈을 감으며 등을 돌렸는데 그건 등을 돌린 게 아니라 내 품에 안긴 꼴이 되었지. 그래, 그건 당신의 눈부신 시도였어.

사내 역시 무언가를 시도해야 했었다. 사내는 가만히 그니를 안았어도 좋았을 것이다. 파르르 떨리는 그니의 어깨를 가만히 감싸 안았어도 좋았을 것이다. 그리하여 저 역시 떨고 있다고 드러내도 좋았을 것이다. 그니는 오랫동안 소리 없이 흐느꼈다. 그니는 조금씩 안정을 찾았고 쌔근거리는 숨소리를 내며 잠에 빠져들었다. 그니의 잠을 깨우고 싶지 않아 그니의 자는 얼굴을 보고싶어하는 제 열망을 꾹 눌러 참아야 했다. 크리스마스 선물을 받은 아이처럼 사내는 마음이 충만해져서 어느 결에 깊은 잠에 빠져들고 말았다. 눈을 떴을 때, 텅 빈 매트만 바라보지 않을 거라는 확신이 있었다.

그러나 크리스마스 아침, 찜질방 바같의 세상이 온통 눈의 충만으로 한껏 기분을 내고 있던 그날 아침, 매트는 비어 있었다. 그니는 없었다. 그니를 영영 잃어버리고 말았다는 그 느낌은 정확했다.

팔에 가슴에 남은 비누 냄새를 그니가 남긴 선물이라고 우겨보기도 했지만 사내는 웃음을 지을 수가 없었다. 그 날 이후 어떤 목요일에도 그니는 보이지 않았다. 사내는 그니의 이름을 몰랐으며 그니가 사는 곳을 몰랐으며 더더군다나 그니의 연락처 같은 건 더욱 그랬다. 그리하여 사내는 그니를 실제로 만난 게 아니라 꿈을 꾼 거라고 여기기 시작했다. 같은 꿈을 열 번쯤 꾸다보면 실제처럼 여겨질 수도 있겠다 싶었다. 그렇게 체념했다. 게다가 그니를 다시 만난다 해도 그니를 저의 공간으로 오붓하게 초대할 형편도 아니었다. 집도 절도 없는 떠돌이 신세와 다를 바 없는 형편이었기에 사내는 그니의 눈빛을 빨리 지워갔다. 때때로 그 눈빛이 상기되면 어김없이 비누냄새가 났다. 곁에 누가 있든 그를 현실로부터 떼어놓는 냄새였다.

사내는 기체를 자루에 접어 넣으며 습관적으로 시계를 바라보았다. 시간은 정오에서 채 반 시간이 지나있지 않았다. 다행히 바람이 좋아져서 남은 교육생 둘도 무사히 체험비행을 끝냈다. 후배 파일럿 구(具)가 그의 교육생 하나를 태워준 덕분이었다. 첫날부터 죽이 잘 맞던 세 교육생은 대구에서 온 교육생이 이미 짜놓은 다음 일정을 소화하기 위해 황급히 착륙장을 벗어나고 있었다.

사내는 민선주가 앉아 있던 풀밭 쪽을 넘겨다보았으나 아무래도 민선주는 돌아간 모양이었다. 단체 메시지가 아닌 개인 메시지를 보낼 걸 그랬나. 기체를 다 접고도 사내가 미적거리자 젊은 구(具)가 사내의 기체를 날라주었다. 픽업차량은 벌써 만원이었다. 교육은 끝났다. 평소 같으면 그는 오후에도 체험비행을 해주며 돈을 몇 푼 만졌을 것이다. 그러나 오늘은 더는 비행을 하지 않을 참이다. 픽업차량을 모는 김에게 자신의 기체를 자신의 차에 옮겨달란 부탁을 한 뒤 사내는 터벅터벅 강 쪽으로 걸음을 옮겼다. 오늘은 수요일이지. 그래, 오늘은 겨우 수요일일 뿐인 거야. 속엣말을 하며 걷던 사내가 걸음을 멈춘다.

12:30 P.M.

인생의 중요한 선택지점에서 민선주는 자유 대신 안정을 택하곤 했다. 모험과 용기는 그녀의 덕목은 아니었다. 결혼에서도 그랬다. 그녀는 두 살 위인 동료교사와 결혼을 했고 아이가 생기자 직장을 그만두었다. 직장이 몸에 잘 맞지가 않았다. 대신 그녀는 아내와 엄마의 자리를 굳건히 다지기로 했다. 십여 년 전 남편의 갑작스런 죽음으로 아내의 자리는 끝이 났지만 다행히 엄마의 자리는 지금도 굳건하다. 여섯 달 뒤면 할머니의 자리도 차지하게 될 것이다.

목요일에 태어난 아이는 길을 떠난대. 목요일에 태어났으니 난 아무래도 떠돌이가 될 모양이야. 그러나 말 뿐이었다. 대학시절 과도한 낭만에 젖어서 부랑자처럼 떠돌다가도 그녀는 모험에서 슬며시 발을 빼 안전 쪽으로 빠져나오곤 했다.

그녀가 직장을 관둘 때엔 너나없이 많이들 말렸다. 하지만 아무도 그녀의 뜻을 굽힐 순 없었다. 그녀는 교사란 직업이 무서웠다. 그래, 그렇게 말해도 좋다. 여고시절 그녀는 운 좋게도 친구 같은 교사들을 만나 감성에서도 이성에서도 뚜렷하게 성장할 수 있었다. 그녀의 롤모델은 바로 그들이었다. 그러나 그녀는 자신이 스승들만큼 좋은 교사가 될 수 없다는 것을 이미 알고 있었다. 그녀는 학생을 친구로 삼고서도 행복한 교사가 아니었다. 저에게 필요한 것은 저와 같은 성인의 친구들, 그리고 무언가 세상과 동떨어진…, 이상한…, 기묘한 친구들을 원하고 있다는 것을 알게 되었다. 적(籍)을 두지 않는 떠돌이들. 그녀는 이상하게도 그런 사람들에게 끌리곤 했다. 주유천하하며 제자를 가르치던 공자가 아니었기에 그녀에게 주유할 천하는 특정한 공간, 몇 개의 똑같은 교실과 교무실이 전부였다. 주말을 이용한 자투리 여행으로는 충분히 해소되지 않는 무엇이 늘 그녀를 불안케 했다. 그녀는 돌아올 것을 목적으로 삼는 여행자가 되고 싶었던 게 아니었다. 그녀는 돌아갈 곳이 없는 떠돌이가 되고 싶었다. 발령을 받은 지 한 달이 채 지나지 않아 직장을 그만두고 싶었으나 그녀는 두 해나 더 교직에 있었다. 일은 편안하고 익숙해지기보다 갈수록 부담이 되었다. 교직은 그녀가 감당하기 벅찬 직종이란 걸 알았다. 다행히 남편은 그녀가 맞벌이를 하지 않아도 괜찮다는 입장이었다. 남편은 성실하고 착한 사람이었다. 그런 사람들을 하늘은 먼저 부른다고, 위로랍시고 하는 말들에 맥없이 눈물만 났다.

민선주는 눈을 감고 누워 어젯밤 펜션 뒷마당에서 어떤 남자가 부르던 노래를 흥얼흥얼 바람에 싣는다.

문밖 문밖으로 나서니 싸늘한 새벽 아침 코트깃을 올리고 휘파람 부니— 이슬인지 눈물인지 내 눈가에 적시네 나지막히 다시 한 번 안녕— 다시 한 번 안녕— 안녕—

노래는 쉼 없이 계속될 것 같았다. 민선주는 남의 애절한 사연을 몰래 훔쳐보는 죄책감이 들었으나 어둠에 몸을 숨기고 그 노래를 끝까지 들었다. 묘했다. 마치 거기에 서 있는 자신에게 들려주는 노래 같았다.

노래를 부른 이는 누구였을까?

인기척이 났다. 뭉게뭉게 피어나는 노랗고 빨간 빛무리를 걷어 젖히며 민선주가 눈을 떴다. 어떤 것의 눈이 코앞에서 그녀를 바라보고 있었다. 만난 적이 있는 눈이었다.

12:35 P.M.

처음에 그 눈은 텅 빈 듯 보였다. 아무런 움직임이 없었다. 이내 깜짝 놀라 커지더니 이윽고 눈에서 어떤 감정이 흘러나

왔다. 포근하고 따사로운 말을 듣고 있는 것 같았다. 사내는 그 눈 안의 풍경에 저를 맡겼다. 한 치의 사심도 없이 저를 드러내려 애쓰는 노력으로써만 설명되는 그 감정들. 지극한 통함은 이쁘거나 아름답지 않다는 동물적 자각. 상대의 눈에서 저의 감정을 읽어내는 지경으로서의 바라봄. 오욕칠정을 구분할 수 없는 뒤섞임. 흘러오고 흘러가는 것들의 길.

사내는 부지런히 눈으로 상념을 옮겨 담았다. 이 눈을 다시 볼 수 없다면? 그니의 눈을 보며 스스로에게 물어본다. 살 수 없겠다. 저 눈의 눈꺼풀이 닫혀져 있다면, 잠이든, 죽음이든, 눈꺼풀이 내려와 저 눈의 빛을, 저 눈의 섬세를, 저 눈의 흔들림을 볼 수 없을 때면 그녀의 세상뿐만 아니라 그의 세상도 닫히고 말리라는 생각이 든다. 이마, 코, 입, 목, 저 뺨, 모두 아쉽겠지만 개구지고 순박하며 흐릿하고 피로하며 놀라는 저 눈이 본 세계가, 사라지겠구나, 싶다. 그 눈을 본 다른 눈의 세계마저 지우는 것. 그게 죽음인 거겠지.

그리하여 어줍게도 사내의 눈에 눈물이 고인다. 그의 눈물에 반응하듯 그녀의 눈에서도 눈물이 새어나왔다면 어땠을까? 그러나 풀밭에 누워 서로의 눈물을 닦아줘야 할 한심한 사태는 일어나지 않는다.

12:37 P.M.

"당신이었군요. 미안해요. 선글라스를 진작 벗었다면 난 금방 알아봤을 거예요."

그 안에 빠지면 절대로 나올 수 없다는 자각이 무섭던 바로 그 눈이었다. 모든 게 형체도 없이 사라져 다만 정신이라든지 기억으로만 존재해야 견딜 수 있을 것 같던 눈. 그 눈은 천황폐하만세를 외치던 눈만큼 무서웠으나 무서움의 근원이 달랐다. 따스했다. 위로를 주고 격려를 주는 눈이었다. 당신 생을 응원하겠소. 그런 메시지를 담고 있었다. 그래서 무서웠다.

그러나 십여 년 전과는 달리 그 눈이 이제는 민선주를 두렵게 하지 않았다. 낮고 낮아진 속에서도 기상을 잃지 않고 따스함을 유지하는 눈을 만났을 때의 느꺼움이 느껴지는 눈. 안녕, 이라고 말해놓고도 다시 안녕, 하는 그런 눈. 눈은 여전히 눈부시게 투명하였다. 그 뿐이었다. 무엇보다도 이미 오래전에 민선주가 지나온 눈이었다.

민선주는 오래전 그때처럼 그와 나란히 누워 하늘을 바라보았다.

시선을 흩뜨리지 않으며 함께 마주보며 누운 건 아니지만 사내 역시 그녀가 올려다보는 하늘을 보고 있었다. 말을 실은 바람이 불어왔다.

"이런 느낌에 놀라워할 뿐 그 느낌을 지니고도 아무런 액션을 취하지 않는 그런…, 무한히 수동적이며 이기적인, 못된…, 그런 선택이 진정으로 아름다운 건지는 모르겠지만…, 아름답다고 봐 주는 시선들도 있겠지요. 아름답다는 건 무한히 수동적인…, 그래서 절대적으로 이기적인 거란 뜻일 테고요. 지금 이런 말을 하고 있는 나 역시 가식적이지요. 맞아요."

12:40 P.M.

사내가 눈을 감았다. 허공으로 던져뒀던 눈길을 거둬 피부 안에 가뒀다. 잠깐 주위의 기색이 어두워진 건 그들 머리 위로 제법 커다란 구름이 흘러간 까닭이었다.

멀지 않은 곳에서 목소리만으로도 젊다는 걸 알 수 있는 남성의 들뜬 목소리가 들려왔다. 전파를 타는 것도 바람을 타는 것 만큼 목소리의 주인을 흥분시키는 모양이었다.

— 여러분은 지금 태양 위를 걷는 금성, 태양 옆을 지나는 금성을 보고 계십니다.

며칠 전부터 매스컴의 핫 이슈였던 '우주쇼'가 여전히 진행 중인 모양이었다. 나란히 누워 천천히 오래오래 두고두고 다함없이 광대한 허공으로 눈길을 던져두고 있었지만 태양을 지나는 금성은 보이지 않았다.

― 금성의 태양면 통과는 태양과 금성, 지구가 일직선상에 놓일 때 일어납니다. 금성과 지구의 공전 궤도가 3.4도 가량 서로 어긋나 있다보니 금성의 태양면 통과는 짧게는 8년, 길게는 121.5년 만에 관측됩니다. 2004년에도 이 쇼가 펼쳐졌으나 그때 우리나라 전역이 흐리고 비가 와서 관측이 거의 불가능했습니다만 이번에는 전 과정을 볼 수 있다고 합니다. 다음 번 금성의 태양면 통과는 앞으로 105년 뒤에나 일어난다고 하니 우리는 이 쇼를 우리들 생애에선 마지막으로 보게 되는 겁니다. 마지막 쇼를 함께 하는 누군가가 곁에 있다면 어서 마주보고 인사하십시오. 여러분 생에 단 한 번뿐인 특별한 시간을 함께하고 있는 그 분이 누구인지 꼭 기억하시기 바랍니다.

착륙장으로 쓰고 있는 강 둔치 어딘가에 매달린 스피커에서 지나치다 싶게 흥분한 남성 리포터의 음성이 들려왔다. 좋은 바람이 불어왔다. 맑고 깨끗한 바람이었다. 비행하기 더할 나위 없는 바람이라고 사내는 생각했다.

태양을 오래오래 올려다보던 사내의 눈에 부지런히 태양을 걸어 온 금성이 보였다. 금성은 전혀 새로운 태양을 바라보며 한 차례 숨을 들이마신 뒤 다시 걸음을 옮겨가고 있었다. 천천히 오래오래 걸을 걸음인 양 가볍고 느긋했다. 금성이 태양을 천천히 걸어가는 동안에도 속 깊은 바람이 그와 그녀 옆에 머물렀다. 리포터의 말대로라면 그들은 이와 같은 광경을 이 생애에선 더는 볼 수 없을 거였지만 우주쇼는 아직 한 시간이나 남아 있었다. 한 시간 남짓 남은 이 산술적 시간 동안 태양과 금성이 어떤 행태를 보일지는 다만 예측된 바일 뿐이었다.

01:47 P.M.

"눈이 좀 나아졌나요?"

"네. 고소공포였나 봐요. 지금은 괜찮아요."

"그럼 제대로 한 번 더 바람을 탈래요?"

"아니에요."

민선주가 나지막이 중얼거렸다. 비행엔 별 취미가 없는 것 같다고. 이젠 기타를 배워보고 싶어졌다고.

사내는 여전히 누워 하늘을 우러르고 있었다. 민선주 역시 풀밭에 누워 있지만 맘이 편치 않았다. 움직임을 자제하느라 몸은 나무토막이 된 양 뻣뻣했고 무엇보다 남정네와 나란히 풀밭에 누워있다는 사실이 몹시 불편했다. 하지만 후다닥 일어나 그를 민망하게 하고 싶지는 않았다.

01:48 P.M.

그러시다면 자기가 기타를 가르쳐줄 수도 있다고, 사내는 말하지 못했다. 그 말을 하면 그니는 당장 일어나 풀밭을 떠날 것만 같은 것이다.

01:49 P.M.

— 지금 시각 한 시 사십구 분, 마침내 금세기 마지막 우주 쇼가 끝이 났습니다.

리포터의 멘트를 기다렸다는 듯 민선주가 몸을 일으켜 세웠다.

"그럼 안녕히."

사뿐히 일어선 그녀가 총총히 풀밭을 걸어 나갔다.

사내는 선글라스를 찾아 썼을 뿐 떠나는 그녀를 잡지 않았다. 태양이 저를 걸어온 금성을 잡지 않는 것처럼.

산숙 山宿

볕이 사정을 봐주지 않고 내리쬐는 한낮. 단아한 목소리가
지나가는 처자에게 말을 붙인다.

"어디 나가시나? 어디? 읍내?"

나무그늘 아래 양 무릎을 모아 가슴에 붙이고 앉았는 할
머니가 그제야 처자의 눈에 들어온다. 일을 할 땐 날래지만
그 외엔 정물이라 그 곁을 스치면서도 우리의 눈에 안 보이기
십상인 할머니 수확이 끝난 마늘밭가 작은 그늘에 오망하게
들어가 계시다. 파마가 풀린 커트머리에 흰색 차양모자, 녹색
모시적삼에 보라색 몸뻬바지 차림으로 가만히 접혀있다. 처자
가 어정쩡한 목례를 하자니 할머니 고운 샌들이 눈에 들어온
다. 읍내 병원에 갈 때나 신을 법한 굽 있는 샌들이다.

"오늘은 마을버스도 없는 날인디. 걸어서 나가려고? 이 볕에?"

이런 비단 같은 목소리가 저 연세에 나올 수가 있구나. 제 텁텁하게 삭은 목소리를 감추려고 애쓰며 처자가 배에 힘을 준다.

"네…. 읍내까지 얼마나 걸릴까요?"

"글쎄, 걸어 나가본 지가 오래 전이라서."

"한나절은 걸리겠지요?"

"뭐 그렇게나 걸릴라고."

할머니는 산골짜기 제일 윗집에 들어온 그녀를 눈여겨보았던 모양이다. 마침 그녀가 한 달을 묵고 있는 허름한 집은 할머니의 마늘밭 가까이 있어서 밭일을 하는 할머니 곁을 서너 번 지나친 적이 있을 거였다. 그렇더라도 이렇게 살갑게 말을 붙여올 것까진 없는데.

"잘 다녀와요."

다독이는 할머니 목소리에 그녀 눈물이 핑 돈다. 다녀와요. 여기로 다시 와요. 자네가 진즉부터 여기에 있는 줄 알았어. 잘 왔어. 좀 쉬어. 그 말이었다. 이 뙤약볕에 삼 십리 길을 걸어 내려 가려는 제 의도를 벌써 안 것일까? 주희씨가 흠칫 놀란다.

산촌(山村)의 굽이굽이 길을 처자가 내려간다. 길가엔 이미 쉰 엉겅퀴와 아직도 씩씩한 개망초, 이제 막 피기 시작한 싸리 보랏빛 꽃들, 오디를 아직도 매달고 있는 산뽕나무들, 새로 보이는 나리꽃, 말라버려 축 늘어진 산딸기 덩굴, 후끈 달아오른 뱀딸기들, 지지도 않고 오래 피어 있는 애기똥풀의 노란 빛들이 서로 어울려 흔들거린다. 손에 잡힐 듯 생생한 바람소리 뒤에 따라오는 음뻐국. 호뻐국.

잘못 들어선 유토피아였다.

건강이 나빠 귀농한 노부부의 집 앞에 화들짝 피어난 밤꽃들을 처자가 지나간다. 그이들이 가꾸는 고추밭과, 그 정갈한 밭가에 심겨 벌써 쑥쑥 키를 키워낸 옥수수를 지나간다. 이 산골은 감자밭이거나 고추밭이거나 마늘밭이다. 이 고장 밭은 다 그렇다. 기계가 오는 값이 너무 그래서 비탈 밭을 아직도 소가 간다. 소는 가끔 차가 다니는 길로도 나서서 그때마다 주인이 아주 애를 먹는다. 처자는 워— 워— 소를 달래는 농부 옆을 비켜 저 아래 다리가 있는 곳으로 걸음을 내딛는다.

산 중턱에 난 찻길에 이르러 강이 보이는 정류장 벤치에 앉아 처자가 잠시 다리쉼을 한다. 아침에 한 번 저녁에 한 번 들어오는 마을버스도 쉬는 날이어서 오가는 차도 드물고 행인은 아예 없다. 등골에 땀이 주르륵 흘러내린다. 싱그러운 솔바람이 그녀의 상한 몸과 마음을 위무한다.

떠나간 그 남자 같은 바람이다. 시원하고 아쉬운.

탈탈대며 올라오던 경운기가 헉헉 숨소리를 내며 잠시 멈추어 묻는다.

"올라가는 길이면 타시우."

"저…, 저는 내려갑니다."

황급히 의자에서 일어난 처자가 찻길을 내려간다. 누군가 태워주겠다고 할까 두려워 역방향을 고집하며 걷지만 다행히 오가는 차는 드물고 멈추는 차도 없다. 저 홀로 길을 내려가며 처자 바람을 찍고 뻐꾹새 울음을 찍는다. 가만가만히 흘러나오는 제 읊조림도 찍어둔다.

우리오빠 말 타고 장에 가시면 비단구두 사가지고 오신다더니.

쨍쨍하던 볕이 이울도록 처자는 걷고, 걷고, 다시 걸어서 마침내 강 이쪽 다릿목까지 왔다. 몸이 굳고 마음이 닫힌다. 여기까지 왔다. 이제 어찌할 것인가. 처자는 다시 할머니의 배웅을 떠올린다. 그럴 수 있다니! 어찌하면 그토록 자연스러울까. 생로병사. 아직 할머니는 '로'일 뿐이다. 잘 주름진 늙음이다. 처자는 그런 삶을 살아볼 수 있을까? 이것 아니면 저것, 저것 아니면 이것, 이도저도 아니면 자폭! 지금으로선 그렇다.

연인을 잃고 산속에 스며들어 눈물만 짰다. 태어났으니 늙을 것이고 병들 것이고 죽을 것이지만 지금 처자는 잘 주름진 '로'에 이르기 훨씬 전에 벌써 '병'이 깊어 거의 '사'에 임박해 있다.

수십 개의 초록깃발이 펄럭이는 다리에 이르러 처자는 다시 노인의 다정한 목소리를 듣는다.

"잘 다녀와요."

길을 나서는 처자에게 할머니는 맑고 순한 목소리로 그렇게 말했다. 다녀오라고. 잘 다녀오라고. 다시 오라고. 훌쩍 가지 말라고. 아주 가지는 말라고. 난간은 높지 않다. 얼마든지 올라설 수 있는 높이다. 저 위 산골에서 한 달을 꼬박 채웠다. 이제 어찌할 것이냐. 여기까지 왔다. 주희씨가 다리 난간을 잡고 목을 놓아 울음을 던진다. 처자의 울음만으로도 저녁 강은 이미 무겁다.

겨울밤

그가 산골오두막에 도착했을 때 기다렸다는 듯 눈이 쏟아졌다. 그는 쪽마루에 얌전히 쌓인 택배상자 두 개를 방으로 들인 뒤에 읍내도가에서 주문한 막걸리 한 말과 황노인이 놓고 간 것으로 보이는 김치통을 부엌 옆 곳간으로 옮긴 다음 부엌아궁이에 가득히 불을 지폈다.

가마솥 안에는 물이 그득했다.

아랫골 황노인에게 부탁을 해둔 덕에 언 수도를 녹이는 수고도 덜었다. 부엌 한쪽에 마련한 개수대에선 졸졸졸 물이 흘러내리고 있어 오래 비워둔 집 같지가 않았다. 그는 고구마 서너 개로 늦은 점심을 대신했다.

산골짜기에 자리한 이 마을엔 겨울에 잠깐 내려오는 그를 합해 다섯 가구가 산다. 한동안은 십여 호 빈집이 을씨년스럽게 방치되고 있었는데 윗골에 남았던 빈집은 모두 철거되었고 아랫골에 남은 네댓 개 빈집은 부지런한 노인네들이 제집처럼 살피며 창고로 쓰는 것 같았다. 그가 윗골에 남아있던 가장 외지고 높은 집 하나를 빌려 쓰기 시작한 건 두 해 전부터였다.

도계(道界) 탐사 팀을 따라 마을 탐방에 나선 두 해전, 당시 그는 부글부글 끓고 있던 레토르트였다. 한 주에 만나는 사람이 200명 가까이 되었다. 그는 닥치는 대로 일을 했다. 딸아이는 고등학교에 진학했고, 아내는 넋이 나간 채 사람들을 피했다. 맞벌이를 하여야 근근이 유지되던 생활이었으나 아내는 일손을 놓았다. 전적으로 그가 생계를 감당해야 했다. 고즈넉한 시간을 가질 수 없었다. 원체도 빠릿빠릿한 사람은 아니어서 난폭해진 시간이 목을 길게 꺾어 놓아 자주 중심이 무너지곤 했다.

그때 동무 하나가 도계탐사에 그를 불렀다.

"그냥 운동한다, 좀 쉰다 생각하고 사흘만 시간을 내봐. 두둑하진 않지만 사흘치 일당도 나온다네."

동무가 측은한 눈빛을 하며 권했을 때, 그는 살았다 싶었다.

하루를 걷자 극심하던 편두통이 사라졌다. 이틀째에 찾은

이 산간마을에선 허리를 펴고 하늘을 올려볼 수 있었다. 맑고 높은 하늘을 보며 그는 남모르게 눈물을 훔쳤다. 참아온 애도의 마음을 억누르지 않았다. 막혔던 숨이 터지고 눈이 맑아지는 느낌이 들었다. 그리고 이 집을 일년세 백만 원에 빌리고 말았다. 일행 중 누구도 모르게 단번에 일이 진행되었다. 일행과 뒤떨어진 그가 마을 이곳저곳을 살피던 차에 황노인의 일손을 거든 게 연이 닿았던 것이다.

부엌 한 칸, 아랫방 한 칸, 윗방 한 칸인 세 칸짜리 집이었다. 지붕이 개비된 것 외엔 초가삼간이란 말에 꼭 맞는 그런 집이었다. 앞마당은 제법 마당 같았고 부엌에 가깝게 수도가 놓여있어 쓰기에도 보기에도 좋았다.

그 수도에서 따로 관을 연결하여 부엌에 한 칸짜리 개수대를 마련 한 것은 작년 여름이었다. 식구들도 모르게 그가 마련한 이 오두막이 그에겐 고대광실 부럽지 않았다.

동네 토박이인 황노인, 김노인, 열여덟에 시집을 와서 예순 해를 살고 있다는 배씨 할머니, 도시에서 살다 늘그막에 들어왔다는 노부부가 살고 있는 이곳은 깊고 깊은 산골이었다. 그는 틈틈이 시간을 내어 이곳엘 다녀가곤 했다. 버스를 두 번이나 갈아타야 했으며 세 시간이 족히 걸리는 거리였지만 그는 그 거리감에도 금세 익숙해졌다.

작년엔 신정에서 구정사이 한 달을 이 집에 내려와 지냈다. 그 기간은 그에게 반가운 고독을 선물했다. 생사를 넘나드는 극악무도한 고독이 아니었다. 마음을 어지럽히는 세사가 따라붙지 못하는 곳에서 그저 쉬었다. 무엇을 좇는 눈이 아니라 무엇이든 고즈넉하게 바라보는 눈이 되었다. '어떤 좋고 나쁨에 흔들리지 않을 부동심을 가지시오.' 그렇게 말하는 목소리도 들었다. 저녁연기나 새소리에도 마음이 움직였다. 경보선수처럼 빨랐던 걸음이 느긋해졌다. 그는 다시 시간의 등을 밟아나가는 산책자가 될 수 있을 것 같았다. 거센 바람에 맞서느라 앞으로 숙여졌던 등도 꼿꼿하게 펴졌다. 이곳에선 빠르게 뚫고 나가야 할 것이 아무 것도 없었다.

고즈넉한 가운데에 풍요로웠다. 울림과 색감이 모두 좋은 그 말이 그의 입에서 자주 나왔다. 고즈넉하다. 고즈넉하게 고즈넉하다. 우아하며 사색적인 소설 같은 단어는 그의 좋은 동무가 되어 주었다.

저녁 무렵 모자를 벗어 눈을 털며 황노인이 부엌으로 들어섰다.

"언제 왔는감?"

"느지막하게 왔습니다. 마을 어르신들이 안보이대요?"

"벌써 다 밑으로 내려갔지. 읍내 농협에 나갔다가 김가를 만나 막걸리 한 사발 하느라 지금 돌아왔네."

무릎까지 쌓인 눈에 폭폭 빠졌을 황노인의 두 발에선 김이 모락모락 피어올랐다. 노인을 위해 그는 양은 상을 펴고 막걸리를 내놓았다. 고구마 대여섯 개를 아궁이에서 꺼내고 창고에서 김치를 내왔다.

"이번엔 며칠이나 머무는가?"

"사나흘을 도시에서 까먹은 탓에 한 이레나 머물게 될 것 같습니다."

"올해는 또 바빠졌는가 보이. 그나저나 서울 사는 이집 큰 아들이 저 밭도 하냥 부치라는구먼. 어차피 이 고향에 그들이 들어오려면 십여 년은 족히 지나야할 걸세. 집은 사람의 온기가 있어야 무너지지 않는다는 걸 아는 사람이야. 그러니 덤으로 얻은 밭에 비용을 지불하려고 애쓰지 말란 말이었어. 누이 좋고 매부 좋은 거지."

두 해전 이 집을 얻을 때부터 황노인은 백 평 남짓한 밭까지 덤으로 얻어주려고 애썼는데 기어이 일을 성사시킨 모양이었다.

"그래, 저기에다 무얼 부치려나? 마늘을 심기 전에 주인이 답을 주었으면 좋았을 걸 말여. 봄에나 밭을 갈아먹겠구먼.

자주 내려와 보지 못할 터이니 손이 덜 가는 걸로 해보게. 내가 틈틈이 들여다보긴 하겠지만 나를 믿을 건 못돼구. 춘분 무렵에 감자나 심어보게."

영감은 넓은 밭쪽으로 나 있는 부엌 뒷문을 바라보며 막걸리 한 사발을 순식간에 비웠다.

"감자 좋지요. 그런데 제가 농사를 지어본 적이 없어서 괜스레 영감님만 귀찮게 하지나 않을까 걱정입니다."

그의 무안한 낯을 보며 황노인이 엷은 미소를 지었다.

"그까짓 거 어렵지 않아. 내가 미리 기별할 테니 우리 밭에 감자 놓는 거 좀 거들면 되어. 다음 날에 내가 또 이 밭을 거들면 되지 않겠나."

"옥수수도 심어야겠어요. 참, 영감님, 작은 원두막 같은 걸 밭가에 지어 봐도 괜찮을까요?"

"참외나 수박도 심어볼 참이여?"

놀란 기색을 띠며 황노인이 물었다.

"그것도 그거지만, 언제가 될지는 모르지만 내 손으로 집을 한번 지어보구 싶은데, 집은 그렇다쳐도 원두막은 지어볼 수도 있겠다 싶어서요. 맘처럼 쉽지는 않겠지요?"

"여름일 하려면 원두막 하나 있으면 좋긴 하지. 나무도 온 산에 천지니 재료는 걱정할 게 없구. 다만, 그런덴 나 역시두

젬병이니 원두막은 자네가 앞장을 서야 할 거여. 뒤에서 손을 좀 거들어 줄 순 있제."

"밭에 감자도 심고 옥수수도 심고 참외도 심고 수박도 심어놓고 영감님과 막걸리 잔을 나누는 맛도 좋겠지요?"

"그런 걸 지어본 사람도 아니고, 그게 쉽진 않겠지만, 내 틈틈이 도와줌세. 허물 때 허물더라도 튼튼히 지어야하네. 농사도 집도."

황노인의 눈에 설핏하게 어리는 물기에 담긴 것이 무엇인지 그는 조금 궁금해졌다. 젊은 날의 활력일까? 지난날의 어려움일까? 그게 무엇이든 노인의 눈에 어린 그것이 살짝 흔들리고 있었다.

터놓은 마당의 길을 지우며 하염없이 눈발이 쏟아져 내렸다.

"잘 먹고 가네."

노인이 일어나 부엌을 나섰다. 작지만 꼿꼿한 몸이 이내 눈발 저쪽으로 사라졌다. 작지만 꼿꼿한 몸이 밟아가는 시간의 등은 부드럽고 완만할 거였다.

천천히 시간을 걸으우. 그는 아내의 말을 떠올렸다. 그러기엔 여전히 그의 시간은 가파르고 억셌다. 그는 부엌 뒷문을 열고 비탈이 진 밭을 올랐다. 백 평쯤 된다는 밭 가장자리를 천천히 걸었다. 그 안쪽을 다시 천천히 돌았다. 다시 한 번 더 그 안쪽을 돌았다. 밭 가운데에 섰을 때 그는 무서웠다. 깊어진 어둠 저 아래에 굽이쳐 흐르는 강이 있을 거였다. 때 없이 눈물이 흘러나왔다.

여기는 오지 중의 오지로구나.

시야를 가로막는 두껍고도 몰캉한 무엇, 눈앞을 가리는 짙은 연기 같고 안개 같지만 흐름인 이것, 이것은 뭘까? 분명하지 않지만 모습을 드러내려 안간힘을 쓰는 이 막 뒤에 있는 저것은 또 무엇일까?

아랫골에 한 점 불빛이 보였다.

오로지 혼자 남은 노년의 삶은 무엇으로 채워지는지. 정신은 무디어지고 몸도 쇠락해졌으니 욕망의 전차가 가동되지 않을 것인지. 아니면 깊은 고독들이 주조한 생이니 새소리 바람소리에도 정이 트일지.

겨울에도 읍내로 나가지 않고 이 산골을 홀로 지키는 황노인의 꼿꼿한 걸음걸이가 다시 떠올랐다. 다시금 목울대가 얼얼해왔다.

앉은뱅이책상 앞에 앉은 그의 눈에 적막한 밤의 속으로 한없이 걸어 들어가는 사내가 보인다. 지금 이 순간 그는 눈 내리는 밤이다. 한 집의 가장이나 동무의 다정한 벗이 아니라 그저 깜깜하고 고요한 밤이다.

숨을 내쉬고 숨을 거두어 마시는 이 자동반복적인 행위에도 숨결 하나하나가 다르게 여겨진다. 무엇이든 다 생소하다. 그리하여 새로운 눈 하나가 뜨인다.

사람이 곧 장소라고 말하던 사람이 가만히 다가와 앉는다. 사람이란 자신이 제어할 수 있는 장소이거나 제어하지 못하는 사건들의 장소라고 말하던 이 사람은 1차대전 참전이후 내내 누워 지낸 사람이다. 몸의 거처는 침대를 넘어설 수 없었으나 그의 생각의 거처는 광활했다. 그가 들려줄 이야기가 몹시 궁금한데 그저 곁에 앉아 있을 뿐 그는 밤이 된 사내에게 입을 열지 않는다. 그는 밤이 된 사내의 이야기를 기다리는 듯하다.

"아마도" 하고 밤이 된 사내가 목을 가다듬었다.

대여섯 살 때라고 기억합니다. 나는 대도시의 달동네 골목에서 자랐지요. 어느 날 무슨 일인지 골목을 배회했지요. 그때 나보다 세 배쯤 큰 칠면조가 나를 쫓아왔습니다. 나는 약빠르게 이 골목 저 골목으로 도망을 다녔지만 끝내 막다른 골목, 커다란 대문과 마주하게 되었어요. 칠면조는 거의 나를 다 따라잡았구요. 나는 기절을 하고 말았습니다. 어떻게 집으로 옮겨졌는지는 아직도 모릅니다. 깨어났다고 안심하는 눈들은 선명하고요.

좀 더 자라 초등학생이 되었어요. 골목에 사는 동무들과 장마가 져 불어난 개천 물구경을 갔습니다. 처음엔 인형이 떠내려 오는 줄로만 알았습니다. 그런데 우리가 장대로 그걸 건져내려 하자 어른 몇이 호되게 야단을 쳤습니다. 난 그게 사산된 아이라는 생각을 늘 해오고 있습니다.

아주 오랜 시간이 흘렀는데도 그 장소들은 나에게 언제나 뚜렷하고 선명합니다. 이른바 충격적 사건들이었지요. 충격적인 장소들이었어요. 사람들이 모여 살던 골목도 온 동네의 하수가 그대로 흘러가던 개천도 그 역한 냄새도 다 생생하네요. 동네를 돌며 똥을 퍼내던 똥차도 있었지요. 그 속에 아직 어린 내가 늘 같이 있어요.

그 장소를 벗어나면 내 작은 다락방이 나옵니다. 부엌 위에 들여진 낮은 다락은 어둡고 덥거나 어둡고 추웠습니다. 그 다락에서 때 절은 런닝셔츠 바람으로 클래식을 들었습니다. 음악은 나를 마왕의 말이 되게도 하고 봄날의 나른한 햇살이 되게도 했지요. 작은 다락방이 온 우주만큼 넓어져 내가 어디에 있는지 알기위해 다락방의 벽들과 천장을 자꾸만 둘러보던 그때가 저에겐 참 호시절이었습니다.

다락방에서 내려왔을 때는 사람들이 움직여 살아가는 조

금 더 구체적인 장소들에 눈이 갔습니다. 교련복에 고무신을 신고 카바이트 막걸리를 마셨습니다. 다정한 벗들과 만났습니다. 다정하지 못한 세상이 보였습니다. 세상이 좀 더 다정했으면 좋겠다고 생각했습니다. 당신과 같은 훌륭한 사람들이 이렇게도 많은데 세상은 왜 여전히 다정해지지 않는 걸까요? 고독을 잃어버려서 그런가요? 고독을 방해받고 싶지 않을 때가 종종 있어요. 고독과 나 자신의 오롯한 대면이 너무나도 필요할 때가 있었어요. 그걸 모르지 않았지만 그럴 수가 없었어요. 그러다보니 헛바퀴만 돌았어요. 늘 고무 타는 역한 냄새가 났어요. 어떤 냄새는 생각에 퍽 해롭지요. 이젠 숲의 냄새 속으로 들어가고 싶어요. 이젠 나의 안을 찬찬히 들여다보려고 해요. 매일 그럴 수 없으니 이렇게 강제로라도 그래야 해요. 그렇지 않다면 내가 나인 이유가 없는 거잖아요?

산골짝 밤이 된 사내 곁에 앉아 다정하게 그의 말을 듣고 있는 사람이 있었다. 밖에도 다정한 것들이 폭폭 내려와 쌓이고 있었다.

퇴직변호사

안대를 두고 나온 걸 알았지만 살살 걸으면 괜찮을 줄 알았으나 자만이었다. 약국을 나서며 태호는 이마를 찡그린 채 안대를 쓴다. 벌써 두 달째 눈 한쪽을 가려야 글이든 사람이든 볼 수가 있다. 하지만 이러한 눈병도 저 앞에 보이는 단층의 낡은 건물보다 성가신 것은 아니다.

그는 고개를 절레절레 흔든다. 계속 공부할 게 아니라면 좋은 직장에 취직을 해도 될 일이었다. 이미 부탁을 다 해둔 뒤여서 이력서만 넣어주면 끝나는 일이었다. 그러나 아들 녀석은 기어코 사업을 한다고 고집을 부렸다. 그것도 요즘 세상에 헌책방이라니. 대형서점이 아니면 새책방도 다 문을 닫는다는 걸 녀석은 모르는 모양이었다. 더욱이 보란 듯이 그가 다니는 길목에다 헌책방을 냈던 것이다.

괘씸한 놈 같으니. 그는 강남헌책방이란 후줄근한 입간판 앞에서 낡은 한옥을 한동안 노려보다 걸음을 옮겨 변호사 사무실이 몰려있는 골목으로 무사히 진입한다. 그는 판사나 검사가 되고 싶었지만 연수원 성적이 썩 좋지가 않아서 변호사가 되었다. 로펌이 우후죽순처럼 생겨나기 전 그는 운 좋게 로펌〈좋은〉에 들어가 상당한 위치에 이르렀으나 어제 그는 로펌〈좋은〉을 조용히 퇴직했다. 복시(複視)증세 탓이라고만 할 수는 없지만 원인불명의 복시가 트리거가 된 건 분명했다. 언제까지 이 성가신 안대를 써야 하는지 원.

공황장애는 꽤나 오래전부터 겪어온 거라서 일을 하는데 크게 문제가 되지 않았다. 가끔 거품을 물고 쓰러진 적이 있지만 법원이나 중요한 미팅에서는 한 번도 그런 증세를 보이지 않았다. 가슴이 뛰기 시작하는 전조를 그가 잘 알고 있어서 꾸준히 약을 복용하며 조용히 혼자서 잘 감당해왔던 것인데, 이번의 복시증세는 사정이 달랐다. 모든 게 두 개로 보이는 증세에 MRI며 근전도 검사며 오만가지 검사를 다 받았지만 원인을 찾을 수 없었다.

"최변, 안근(眼筋)이 살짝 마비가 되었지만 그 외엔 모든 게 깨끗해. 희귀 난치병 검사까지 할 필요는 없잖겠어? 좀 기다려 보자고. 난 과잉진료는 별로야. 의사가 바로 저승사자일 수도 있다구. 우리도 실은 모르는 게 많아."

닥터 한은 낭패스런 얼굴로 고등학교 동문인 그에게 엄청 난 비밀을 누설하듯 소곤거렸다. 치료법은 고작 안대를 쓰는 게 다였다. 한쪽 눈에 안대를 한 모양이 좀 우스워서 그렇지 안대를 하고 나자 어지럼증과 눈의 통증은 사라졌다. 하지만 사물에 대한 입체감이 사라졌고 원근감도 뚜렷하지 않다. 세 상이 조금 달라 보이는 건 바로 이 때문일 거였다. 희귀병이 든 일시적 증세든 어쨌든 그에겐 이제까지완 전혀 다른 시간들 이 주어진다는 것, 그것이 그를 약간 흥분시켰다. 이런 감정은 승소할 때의 흥분과는 확실히 달랐다. 몸을 가르는 짜릿함이 아니라 몸을 띄우는 부드러움이라는 생각이 들었다.

먼 곳을 자주 보래서 밖에 나갈 일이 있으면 그는 꽤 먼 거 리여도 이렇게 걷곤 했다. 걷는 속도를 높이자 기분 좋은 열 기가 느껴진다. 운 좋게, 그때는 운이 좋은지도 몰랐다, 〈좋 은〉에 합류하여 이십여 년을 보냈다. 그 전의 경력까지 더하 면 변호사로 산 지 26년이나 되었다. 자신이 살아온 생의 반 을 변호사로 산 남자에게 남은 게 알 수 없는 병이라니 싶지 만 그것도 나쁘지 않다고 생각하기로 했다. 큰 아이는 대학 을 졸업해 제 일(도무지 맘에 들지는 않지만)을 시작했고 딸

애도 한 학기만 더 다니면 졸업인데, 그게 무슨 유행인지 제 오빠도 그러더니 휴학계를 내고 장기여행 중이었다. 어쨌든 다 키웠다. 이젠 좀 쉬어도 괜찮다. 누구는 한창 일할 때라고 혀를 차기도 하고 누구는 무슨 나쁜 일에 걸려든 것이 아니냔 듯 소곤거리지만, 퇴직은 순전히 건강상의 문제였다. 그래 쉴 때가 되었다. 쉬면서 아내와 좋은 곳에 가서 맛있는 것도 먹자. 이젠 비지니스가 아니라 순전한 취미로 등산도 가고 골프도 칠 수 있을 것이다. 그래도 시간이 남으면 이제 막 현업에 뛰어들어 허둥대는 후배들을 도와줘도 좋겠다 싶었다. 그러나 채 하루도 쉬지 못하고 후배 사무실로 불려나가게 될 줄은 예측치 못한 일이었다.

〈서앤김법률사무소〉 로비에 마주앉은 서준수와 김선우의 용모는 한참 열심히 일하는 변호사답게 말끔했다. 대학 2년 후배 준수는 잘 다니던 회사를 그만두고 마흔이 훌쩍 넘어 로스쿨에 입학한 탓에 아직 이 업계의 햇병아리였고 그와 동업을 하고 있는 김선우는 이제 갓 서른을 넘긴 애송이였지만 스무 살의 나이 차에도 불구하고 둘은 죽이 아주 잘 맞았다.

"경태는 아직 도착 전인 모양이지?"

"방금 버스터미널에서 지하철을 막 탔다는 전화를 받았어요. 선배님도 경태선배는 오랜만이지요?"

서준수의 얼굴엔 감출 수 없는 흥분이 어려 있었다. 삼십년 전 저쪽의 시간이 푸르스름하게 부풀어 오르고 있었다. 학생 식당에서 현경태를 처음 만난 뒤 넋이 나간 표정으로 속삭였던 서준수의 말까지도 또렷이 기억이 되었다.

선배, 사람이 정말로 아름다울 수 있다는 걸 이제야 알겠어요.

출입문 쪽을 자꾸만 바라보는 서준수의 얼굴에 서린 기대감이 그러나 최태호는 반갑지가 않았다. 그건 서른 해전의 얼굴빛과는 다른 색깔이었다. 이를테면 전설이던 선배와 한번 견주어 보겠다는, 혹은 야인으로 묻혀 지내는 사람을 이참에 한번 눌러보겠다는 그런 야망이 깃든 빛깔이어서 오랜 세월 반목을 해온 바이지만 경태에 대한 애틋함이 단번에 살아나고야 말았다.

"경태와 이전에도 연락이 되었던 모양이지?"

후배에게 최태호가 물었다.

"아이고, 선배, 그렇지가 않아요. 저도 이번에 전화를 받고 깜짝 놀랐는걸요. 이 친구가 잘 알더라구요."

옆에 앉은 김선우를 바라보며 서준수가 말했다.

"현 선생님과는 군대를 제대하고 복학을 잠시 미루고 있을 때 만나 인연을 맺었습니다. 저희들 북멘토셨어요."

김선우의 말을 가만히 듣고 있던 서준수가 끼어든다.

"선배, 제가 늦깎이로 들어간 로스쿨이 경태선배가 사는 곳에 있었더라구요. 김변과는 그때부터 알았는데 경태선배 얘기 저도 오늘 처음 듣는 겁니다."

서준수는 여전히 조금 흥분한 상태였다.

"지역이라 좀, 뭐랄까, 왜, 아무래도 다양하거나 전문적이지 않잖아요. 지식이랄지 그런 풍토가. 경태선배가 그 지역에서 나름 꽤 유명했나 봐요. 김변은 여전히 선생님, 선생님, 하며 마치 신처럼 대하던데?"

서준수가 김선우를 놀리듯 바라보며 이죽거린다.

"소송에 휘말렸다는 말은 무슨 말인가?"

최태호가 물었다.

"그게 말이죠, 선배님." 하며 서준수는 성실하고 민첩한 변호사의 면모를 회복했다. 최태호가 서준수를 믿는 지점이었다. 말하자면 준수는 솔직할 뿐 어수룩하지는 않았다.

"경태선배를 만나면 자세히 더 들어봐야겠지만, 아주 요상한 사건에 휘말린 모양이에요. 선배의 와이프, 그러니까 형수님이 소송을 당한 건데요. 좀처럼 이해가 되지 않고 그래서 또 경태선배 설명을 들어봐야 알 것 같긴 한데 말이지요, 그형수님이 부동산 중개거래를 해왔던 모양이에요. 이번에 시에서 그 동네(이건 나중에 따로 말씀드릴 게요)를 공원지구로 만들 모양인데, 땅주인들은 거의 보상을 받은 모양이에요. 그런데 세입자들이 못나가겠다고 버티는 형국인 거죠. 그 세입자들을 거기로 끌어들인 이가 형수님이라서 책임을 크게 느끼는 것 같아요. 계약서가 있다면 일이 좀 쉬울 텐데 문제는 실제로 세입자를 찾을 수 없는 집도 있는 모양입니다. 꼬박꼬박 임대료도 냈지만 세입자를 세우지 못하는 거죠. 이 사회에 등록되어 있지 않은 사람들도 있는 거죠. 심지어 귀신들과 어울리고 있다는 소문도 도나 봐요."

문 쪽을 보고 앉았던 서준수가 말꼬리를 감추며 일어났다.

김선우가 화들짝 놀라 따라 일어서며 객을 맞으러 걸음을 옮겼다. 최태호는 잠시 그대로 있었지만 궁금함을 이길 수는 없었다. 등을 돌려 출입문 쪽을 바라보니 걸음걸이로 보아 경태가 분명했다. 힘없이 느릿느릿 걷는 그의 터벅걸음이 가까워오자 준수 역시 두어 발자국 마중을 나서는 게 보였다. 최태호는 일어설까 잠시 망설였으나 앉아서 그를 맞기로 결정을 했다. 그런 다부진 결심에도 불구하고 이십여 년 만에 만난 동무의 얼굴을 보자 눈시울이 붉어지고 말았다.

사법 연수원을 졸업하며 태호는 대학선배 밑에 들어가 여섯 달 일을 배웠다. 그런 후에 아이들 과외교습소가 들어서있던 건물 3층 콧구멍만한 사무실을 얻어 개업을 했다. 조금씩 다른 길로 접어들고 있었으나 아직 친분이 남은 몇 사람이 개업을 핑계 삼아 모인 건 10월 어느 날이었다. 창창한 이십대였던 그들은 열흘 새에 겪은 충격들에 휩싸여 조금 흥분 상태였다. 그들은 TV로 베를린 장벽이 무너지는 것을 보았다. 그 감격은 하루가 지나지 않아 분노로 바뀌었다. 보안사 민간인 사찰 폭로를 목도했고 열흘 뒤엔 범죄와의 전쟁이 선포되는 것을 보았던 것이다.

"어질어질하네. 우리 태호가 할 일이 많아지겠어."

경태가 말했다.

"뭐야? 비꼬는 건가? 말이 왜 그래?"

경태의 말에 태호가 발끈했다. 동무들이 좋은 세상을 만들자는 약속을 저버렸다고 생각할까봐 태호는 지레 위축이 되어 있었다. 그땐 분명 그런 분위기가 있었다.

우정에 금이 간 건 너무도 하찮은 한 순간의 일이었다. 그날 경태는 도중에 자리를 뜨거나 하지는 않았지만 그의 얼굴이 드러낸 절망의 빛깔은 두터웠다.

태호가 경태의 소식을 들은 건 그로부터 4주 뒤였다. 두 개의 슬픈 소식 앞에서 그는 제대로 와르르 무너져서 애초의 자신에서 더욱 멀어졌던 것은 아니었을까?

— 현경태가 남영동에 잡혀있대.

— 너무나 가슴이 아픕니다. 43세의 나이에 폐암으로 사망한 우리 조영래 변호사는 변호사라는 이름으로 살아오는 동안 언제나 항상 변호사였습니다.

태호는 삶의 멘토 둘을 한꺼번에 잃고 말았다. 〈좋은〉에서 그를 데려가지 않았다면 그는 그 시간을 빠져나오는 데에 퍽 오래 걸렸을 거였다. 그때 그는 죽은 멘토를 위해서는 애도 외엔 할 일이 없었지만 살아있는 동무를 위해서 실제적인 무언가를 했어야 했다고 후회하곤 했다. 이제라도 무언가를 하고 싶은 것은 마음에 남은 그 빚 때문이었다.

"경태, 미안하네. 그때 내가 왜 그랬는지 모르겠네. 옹졸했어."

"아닐세. 내가 먼저 연락을 했어도 좋았을 것인데 내가 미안하구먼."

이제 막 새 끈을 잇는 나이 지긋한 두 동무의 얼굴이 청년 시절의 생기를 찾는다.

"멋진 서재구먼."

서재를 둘러보는 경태의 낯빛이 좋아 태호는 칭찬받는 것 같은 느낌이 들었다. 한때 두 사람은 대학도서관 목록에 누가 먼저 이름을 적는가를 경쟁한 적이 있었다. 방학 중에 읽은 책의 권수로 경쟁한 때도 있었다.

"대단한 장서가네. 여전히 책을 좋아하는구먼 그래."

"은퇴하면 책이나 읽으며 지내야겠다는 생각으로 그저 모아만 뒀던 걸세."

책은 나름의 분류체계로 꽂혀 있다. 문학, 철학, 역사, 잡지…. 태호가 아직 고시에 패스를 하기 전, 아내가 먼저 취직을 했다. 그가 졸업한 대학의 사서자리였다. 오래전 연합써클에서 아내와 함께 읽었던 책들은 어디에 있나? 보이지 않는다. 진작에 벌써 고물상에 넘겨졌을 거였다. 묵직하고 새뜻한 책들이라야 품격에 어울린다고 전직 사서였던 아내는 생각했던 것일까? 다행히 소설책들은 건드리지 않았기에 따로 책장을 만들어 두고 있었는데 외국소설코너를 기웃거리던 경태가 탄성을 터뜨렸다.

"이 판본은 두 권 나오다 말았는데 이 책을 어떻게 다 갖고 있지?"

혼잣말에 가까운 질문이었다.

"문고판으로 바꾸기 전에 100부 한정판을 찍었다네. 그 중 한 질을 내가 가지고 있는 거야."

"그랬구먼. 난 그걸 왜 몰랐지?"

경태가 하드커버의 일곱 권짜리 그 책을 정말로 부러워하는 눈치여서 최태호는 그 자리에서 바로 안겨주고 싶은 마음이 들었다. 그는 슬쩍 동무를 떠봤다.

"요샌 눈이 이래서 책을 통 볼 수가 없어. 나에게 이런 책들은 그저 폼이야. 자네가 필요하면 가져가게."

"어이구, 그게 무슨 말인가. 눈이야 나을 터이고 이제 시간도 많을 텐데. 자네가 다 보고나서 나를 빌려주면 모를까."

최태호는 더 권하지는 않았다.

곰국을 푸고 즉석밥을 렌지에 돌려 살뜰히 챙겨먹고 최태호는 동무와 터미널로 향했다. 서울에서 한 시간 반 거리에 있다는 C시는 초행이었다. 동무의 책방에 따라 나선 마음은 뭐랄까 좀 복잡한 채였다. 여행인지 일인지 묘하게 얽혔지만 결혼 후 버스여행은 처음인지라 그는 다소 흥분이 되었다. 경태의 처 되는 이는 일면식이 없어서 긴장이 되는 건 어쩔 수 없지만 이 또한 기분 좋은 긴장감이다.

그는 생소한 도구 하나를 만지작거린다. 가만히 눈을 감고 있던 경태가 "이어폰이야. 귀에 꽂으면 저 티비 소리가 들린다네." 한다. "그래, 나도 알지." 대답은 그렇게 했지만 까마득히 잊고 있던 유물을 만난 느낌이다. 청진기처럼 생긴 놈을 귀에 꽂으니 아닌 게 아니라 뉴스소리가 들린다. 하필이면 동무가 사는 지역이 언급되고 있어 그는 귀를 기울인다.

"왜 그러나? 무슨 일인가?"

튕기듯 자세를 바로하며 휴대폰을 뒤적거리는 경태의 모습에 그도 맘이 바빠진다. 좋지 않은 일이 생긴 게 틀림없다. 경태의 입에서 탄식이 새어 나온다.

"이건 아니지, 아닐 거야."

"왜 그러는 건가? 주변에 무슨 나쁜 일이 생긴 거야?"

"아무래도 그런 것 같네."

다급히 어딘가로 전화를 하는 동무의 낯빛이 어둡다. 통화가 되지 않자 어딘가로 문자를 보내며 크게 한숨을 내쉰다. 매사 느긋한 친구였기에 태호로서는 동무의 이런 모습이 낯설다. 무언가 크게 사달이 났구나 싶다. 문자에 답장이 없는지 다시 어딘가로 전화를 걸지만 통화가 연결되지 않는 모양이다. 십여 분 누군가와 통화를 시도하던 경태가 한숨을 길게 내쉬고는 입을 연다.

"좀 전에 자네도 뉴스를 들었지?"

태호가 TV로 시선을 옮긴다. 일가족 4명 자살. 화면 우측

상단에 보이는 글자와 둘러앉아 떠드는 입들. 듣지 않아도 그들 약장수 같은 말소리가 고스란히 들리는 듯하다.

"아무래도 나랑 책을 같이 읽던 제자가 일을 당한 것 같네. 허, 이럴 수가 있나?"

"아이구야, 어째 이런 일이. 사실로 확인이 되었나? 맘을 단단히 먹게나."

"설마 아니겠지. 아니어야 할 터인데, 뉴스에서 말하는 동네, 아파트 층수, 아버지 성, 부모의 나이 차, 자매들 나이 차, 아버지 직업, 게다가 명랑하고 씩씩하던 큰 딸이라고 동네주민이 하는 말을 들으니 딴 생각을 못하겠구먼."

저런. 태호는 그 정도면 필시 동무가 생각하는 그 제자네가 저 뉴스의 당사자들일 것이다 싶다. 하지만 동무의 불안을 부추기고 싶지가 않다. 그는 가만히 손을 뻗어 동무의 손을 잡을 뿐이다.

"주유소를 하고 있거든. 두 딸들 뒷바라지를 얼마나 살뜰히 하는 부본지 몰라. 딸들은 또 어떻고. 명랑한 아이들이거든. 그런 사람들인데, 아니겠지? 아닐 거야."

그러나 주유소란 말에 태호는 더욱 맘이 쓰인다. 몇 년 새에 주유소의 상당수가 나가떨어졌다는 걸 동무는 모르는 모양이어서 역시 아무런 대꾸를 하지 않기로 한다. 마침 문자메시지가 왔다는 알림음이 들려오고 동무가 메시지를 확인하는데 낯빛이 희다 못해 투명해진다.

"정말이지 화가 나서 못 견디겠네. 그 명랑하고 씩씩한 애를 어떻게 설득을 한 걸까? 어째서? 왜? 사업실패? 사업이 실패하면 온 가족이 다 죽어야하는가? 나는 지연이 그 아이가 설득당한 게 정말로 믿기지가 않네. 친구가 얼마나 많은 녀석이었는데. 불의와 불합리와 얼마나 열심히 잘 싸우던 아이인데. 믿을 수가 없네."

혈색을 잃은 얼굴에 두 눈만 붉어 당장이라도 주르륵 눈물을 쏟을 것 같다. 동무는 예전에도 그랬다. 울음소리를 내지는 않았지만 눈물이 참 많은 친구였다. 동무는 별로 변한 게 없었다. 여전히 눈물이 많구나. 태호는 다시 또 동무의 손을 가만히 잡아볼 뿐이다. 지금 가고 있는 도시는 한 번도 가본 적이 없는 곳이다. 거기는 어떤 곳일까? 좁은 나라니 대동소이할 터이지만 이 친구가 깃들어 사는 곳이니 어쩌면 특별할 수도 있지 않을까? 한 손을 동무의 손에 맡기고 다른 손으로 눈물을 훔치는 이 친구를 그는 너무 오랫동안 잊고 살았다. 반시간 뒤면 그는 또 다른 터미널에 이를 것이다. 그는 정신을 바짝 차려야 함을 직감한다.

전기, 안전화, 천막, 공구, 유리, 거울, 저울, 수건, 페인트, 철물을 취급하는 작은 점포들이 골목골목에 늘어선 동네다.

태호는 이 골목에 대한 느낌을 음미할 새도 없이 사나흘 꼬박 말없이 경태와 술잔을 기울였다. 일면식이 없는 그도 비통하기가 이를 데 없는데 2년 2개월을 매주 만났다는 경태의 마음이 오죽하랴 싶어 함부로 입을 열지도 못했지만 그는 일가족의 자살을 다룬 기사들을 동무 몰래 챙겨 읽었다. 그 까닭은 고백하건대 실감이 나지 않아서다. 그도 한 때는 구체적인 감정들을 섬세하게 살펴보던 때가 있긴 했었다. 그러나 반생애를 변호사로 보낸 그는 변명하는 기계, 조금은 정교한 변명기계가 되었던 모양이었다. 소위 시쳇말로 팩트만 보였던 것이다. 일가족이 자살을 했다. 빚이 많았다. 망해 자빠지는 주유소가 많다. 그 사실을 꿰고 나면 그저 안됐다는 생각이 들 뿐이었다. 매끄럽고 단조롭고 앙상한 사실과 감정에 화가 나기도 했다. 자신이 감정불구자처럼 여겨지기도 했다. 동무의 절망감의 층이 990층위라면 그는 겨우 두세 개의 층도 지니지 못하고 있다는 걸 발견했다. 그것이야말로 태호에게 깊은 절망을 안겨주었다. 사실을 고백하자면 태호에겐 다음과 같은 기사가 훨씬 이해가능하고 편했던 것이다.

　　수십억원 빚더미에 시달리던 일가족 4명 자살

　　지난 19일 밤 C시의 한 아파트에서 일가족 4명이 숨진 사
건이 수십억원의 빚더미 때문인 것으로 밝혀졌다. 자녀 2명과
함께 숨진 40대 부부는 운영하던 주유소의 사정이 어려워져
수십억원의 채무에 시달리다 극단적인 선택을 한 것이다.

　　지난 19일 오후 9시께 C시의 모 아파트 6층 A(44)씨 집
안방에서 A씨와 부인 B(40)씨, 15살·12살 딸 2명이 숨겨있
는 것을 119구조대와 경찰이 발견했다. 발견 당시 방안에는
40kg짜리 가스용기가 놓여 있었으며 일가족이 작성한 것으
로 추정되는 유서 성격의 노트 1권과 A4용지가 있었다.

　　A씨의 장인으로부터 딸 내외가 연락이 되지 않는다는 신
고를 받고 출동한 경찰은 일가족 4명이 숨겨있는 것을 확
인했다.

　　이 사건을 수사 중인 경찰은 숨진 부부가 남긴 유서와
유족 조사 등을 종합적으로 고려할 때 자살로 추정된다고
밝혔다. 경찰에 따르면 이 부부가 남긴 유서에는 사업이 힘
들어지면서 경제적으로 어렵다는 내용이 있었다.

　　유족 조사에서도 이 부부가 경제난에 시달린 사실이 밝혀

졌다. 유족들은 경찰 조사에서 주유소 2곳을 운영하던 이들 부부가 평소에도 친척들에게 금전적인 어려움을 자주 토로했다고 진술한 것으로 알려졌다. 부부의 채무는 수십억원에 이르며 이 중에는 친척에게 빌린 돈도 있었다.

이들 부부가 가스 용기를 들고 승강기에 올라타는 모습도 아파트 CCTV를 통해 확인됐다. 이런 정황으로 보아 경찰은 주유소 운영난이 심화하면서 빚더미에 앉게 된 부부가 극단적인 선택을 한 것으로 판단했다.

경찰 관계자는 외상과 외부 침입 흔적이 없는 것으로 보아 자실인 것으로 추정하고 정확한 사인 규명을 위해 국립과학수사연구원에 부검을 의뢰할 예정이다.

태호에겐 이런 식이 문장이 익숙하다. 이런 식의 문장에 길들여져 있다는 뜻이다. 그도 한 때는 직업과 직업윤리 사이에서 갈등을 겪기도 했다. 누가 봐도 잘못한 사람을 변호할 때, 변호사로써 의뢰인에게 출구를 마련하는 일과 그래선 곤란하지 않은가 사이에서 적잖이 고민하던 때가 있긴 했다. 하지만 결국 그는 유능한 변호사가 되었다. 인간보편의 정의보다는 개인의 이익을 대변하는 쪽에 서서 승승장구했던 것이다.

이곳에 내려왔을 때, 동무가 열어놓고 있는 책방 후미진 벽에 걸려 있는 글귀를 그는 금방 찾아내었고 망치로 뒤통수를 맞은 기분으로, 전기에 감전이 된 듯한 느낌으로 그 글귀 아래에 얼굴을 붉히고 서 있었다.

문장이 무너진 자 이곳에 들어올 수 없다.

무서운 문장이었다. 그 문장에 베이지 않을 만큼 피부가 두꺼워졌다고 믿었는데 그렇지도 않은 모양이었다. 그렇다면 아직은 나에게도 일말의 가능성이 남아 있는 게 아닐까? 태호는 이 도시의 골목들을 걷고 또 걷는다는 초로의 사내를 뒤따른다. 동네 사람들도 저 커다란발의 이름은 모른다고 한다. 비가 오나 눈이 오나 오직 걷기만 한다는 그의 별명에 걸맞게 커다란발은 물이 흘러가듯 걷는다. 그에겐 막다른 골목이 없다. 그의 뒤만 잘 따라간다면 자신도 이 주변의 골목들을 얼추 꿰어볼 수 있을 것이다. 처음은 그저 따라가는 거지만 두 번 세 번, 열 번쯤 뒤를 따르다 보면 자신의 발로 골목을 이어갈 수도 있지 않을까? 우선은 이 마음이 중요해. 호기심이든 관심이든 마음이 불룩하게 일어났다는 것, 이게 어떤 시작이 되겠지.

지렁이처럼 구불거리는 좁은 골목으로 들어선 커다란발을 뒤따르며 이 골목은 또 어떤 골목과 이어질지 궁금한 마음이 생겨난다. 우리들의 낮은 울타리. 언제 적에 읽은 소설인지 누구의 소설인지 잊었지만, 그런 제목을 지녔던 소설이 생각나기도 한다. 작가더러 어서 글을 쓰라고 의뢰한 쪽에서 호텔에 방을 얻어줬는데 그 작가는 아내를 호텔로 불러 목욕을 하자고 했던가, 어쨌던가. 내용은 윤색되고 기억은 희미하지만 그 제목은 또렷이 기억난다. 이 좁고 낮은 길에 서니 자신의 울타리가 얼마나 높고 육중했는지 알겠다. 바람도 빛도 드나들지 못하도록 울타리 하나를 세우고는 그걸 빼앗길라 무너질라 전전긍긍했다는 생각이 드는 것이다.

커다란발이 북적대는 시장으로 들어선다. 그는 커다란발을 놓칠세라 바짝 따라붙지만 시장통은 더 좁고 더 으슥한 골목들을 품고 있다. 역시나 잠시잠깐 새에 그는 커다란발을 눈앞에서 놓치고 만다. 생각보다 빨리 그는 혼자서 골목들을 이어나가야할 처지가 된 것이다.

하지만 안 되는 일이었다. 그는 거대한 짐승의 내장 속 같은 시장을 한 시간여 헤매다가 마침내 동무에게 전화를 건다.

"여보게, 내가 말이여, 여기가 큰 재래시장인데, 내가 지금 신협과 새마을금고 사이에 있는데, 도무지 길을 찾을 수가 없구먼."

오랜만에 동무가 쾌활하게 웃더니, 사이에 있지 말고 신협이든 새마을금고든 바짝 붙어 그 앞에 있으라고 한다.

"10분 뒤엔 내가 자넬 찾을 수 있을 테니 걱정하지 말어. 다 컸어도 미아가 될 수 있지? 그 기분이나 잘 들여다보구 있게나. 곧 감세. 오늘이 하필 장날이야. 허허."

이런 젠장칠!

여기서 장을 보는 사람들은 어떻게 집으로 돌아가는 걸까? 태호는 신협과 새마을금고 중에 어느 쪽으로든 가서 서 있어야겠다고 생각하면서도 어느 쪽으로 가야할지 선뜻 선택할 수가 없다. 어느 쪽도 더 가깝지 않아 보이고 어느 쪽이 동무가 오는 방향인지도 가늠이 되지 않는다. 심지어 푸른색의 간판도 비슷해서 다만 신협과 새마을금고란 글귀만 다를 뿐이다. 103동, 104동 숫자만 다른 아파트를 보며 그 숫자에 의지해 집을 찾아가는 훈련을 하던 예전의 당혹감이 다시 그를 덮쳐와 그는 여전히 그 자리에 붙들려 있다. 한 발을 내디디면 그게 굉장한 낭패와 연결되기라도 할까봐 그 좁은 사이에 붙들려 있다.

뒤꼍에는 나란히

    화분 옆 수도를 틀어 흙발을 씻으며 그녀는 이 맘 때였지, 중얼댄다. 비탈진 마늘밭에서 하루로 모자라 이틀 내내 마늘을 캐고 내려오는 길이었다. 개울에 흙투성이가 된 발과 쓰레빠를 헹구던 그날도 이런 어스름녘이었다.

    (나란히 공간으로 갈까 나란히 시간으로 갈까)

    깊은 어둠이 아니어서 그때도 지금처럼 겨우 장딴지와 팔뚝, 목과 얼굴을 씻었다. 거긴 탁 트인 개울이라서 그랬지만 여긴 사면이 막혀 있어서 그렇다. 벽마다 낸 크고 작은 창으로 빤히 내다볼 수 있는 마당이니 이번에도 역시 훌훌 옷을 벗고 물을 끼얹는 짓은 할 수가 없는 것이다.

    (나란히 시간으로 갈까 나란히 공간으로 갈까)

뒷마당을 채우고 있는 138개의 화분에 물을 주다가 흐드러지게 피어난 사랑초 옹기화분 앞에 이르렀을 때 기다리기라도 한 양 물이 동이 났고 화분이 저절로 쫙 갈라졌다. 흙이 발로 쏟아졌다.

깨끗해진 스레빠에 발을 꿴 그녀는 다시 조로에 물을 가득 채운다. 두 달 전 등에 온 담이 채 풀리지 않아 그녀의 몸은 자주 균형을 잃는다. 특히 오른쪽이 자꾸만 땅으로 기우는 느낌이다. 오른손에 들린 물 무게도 결코 가볍지가 않다.

어느 날엔 발목까지 내려오는 치마가 입고 싶어 미칠 지경이었다. 또 어느 날엔 무릎 바로 아래의 치마의 감촉에 들떠서 하릴없이 무릎만 만지작댔다. 그리고 어느 날이 되면 무릎 위로 훌쩍 올라오는 짧은 치마를 열망하곤 했다. 분명히 이런 하늬바람이 불어왔을 거였다.

피부 감촉이 섬세해지는 날이면 한순간에 그녀는 치마에 대한 열망에 사로잡히곤 했다. 당장 그 치마를 입지 못하면 금방 죽을 것 같던 어린 시절이 있었다. 산들거리며 불어온 바람이 발목에 무릎에 퍼붓던 치마에의 열망.

그때처럼 그녀는 흰 반팔 런닝을 걸치고 있지만 하의는 흰 무명치마가 아니라 까만색 냉장고쿨 칠부바지다. 시원한 냉장고 바지를 입은 그녀가 38개의 다육이 화분에 물을 뿌리며 열한 걸음을 나간다. 이 열한 걸음은 그녀 집의 외벽과 정확히 일치한다. 그 외벽에 벽돌을 놓고 긴 나무 대를 얹어 작은 화분 서른여덟 개를 둔 것은 올해 봄이었다. 사 년 내내 비어 있던 뒷집이 카페로 새단장을 하는 동안 그녀는 사 년 내내 쓰레기만 쌓아둔 뒷마당을 정리하기 시작했다.

(폐허엔 폐허가, 쓰레기엔 쓰레기가, 청소엔 청소가 나란히 나란히)

따로 담장도 없는 여인숙 외벽 아래 놓인 꽃나무 화분들에 그녀가 물을 뿌린다. 정확히 여섯 걸음이다. 감나무 두 주, 호두나무 한 주, 매화나무 두 주, 미쓰김라일락 한 주가 커다란 고무화분에 심겨 벌써 잎을 내고 가지를 뻗고 있다. 한 걸음에 하나씩 놓인 화분들 앞에 머물다 걸음을 오른 편으로 돌려 채송화가 심긴 여섯 개의 화분에 물을 뿌린 뒤 그녀는 다시 출입문 옆에 놓인 수돗가로 향한다. 수도꼭지 아래 조로를 맞추어 놓고 꼭지를 튼다. 양다리를 어깨 넓이로 벌리고 양손을 앞으로 뒤로 위로 뒤로 다시 앞으로 손뼉을 친다. 등이 결리다는 그녀의 말에 동무가 알려준 처방. 열다섯 번 한 세트를 마치고 그녀가 수도꼭지를 잠근다. 정확히 조로 한 통을 채우는 시간.

그녀는 카페 담장 아래 놓인 채송화 화분부터 다시 시작하여 애플민트를 지나고 방울토마토를 지나고 더덕 여섯 주를 지나고 여주, 오이, 호박을 지나고, 아이비와 마삭줄을 지나고, 푸마타와 깨진 사랑초를 지나고, 돌단풍과 동이나물을 지나고, 쪽파와 딸기와 부추까지 열한 걸음을 뚜벅뚜벅 조로를 기울인 채 옮겨 딛는다.

다시 수도를 틀어 물을 받으며 다리를 벌리고 팔을 들어 올려 앞으로 뒤로 위로 뒤로 다시 앞으로. 열다섯 번 한 세트의 동작을 마치자 이번에도 정확하게 조로의 물이 찰랑댄다. 수도를 잠근 그녀는 마지막 면으로 향한다. ㄴ자로 앉은 그녀 집의 다른 한 벽 아랜 골목 어귀 페인트 가게에서 얻어온 나무빠레트에 놓인 채소화분들이 여섯 줄을 이루어 빽빽하다. 쑥갓 한 줄, 청양고추 한 줄, 케일 한 줄 담배상추 두 줄, 꽃상추 한 줄. 이 역시 정확히 여섯 걸음이나 그녀는 빠레트의 중앙에 서서 이쪽저쪽 두루 물을 뿌린다. 바로 곁엔 벽을 뚫고 나온 수도가 있다. 그녀는 조로를 수도 아래에 두며 수도에서 가장 가까운 채소들이 언제나 가장 늦게 물을 받는다는 사실을 알아챈다. 특별한 이유가 없으니 그저 습관이 그리든 것이랄밖에.

마당의 반을 가리는 파라솔 아래에 놓인 의자들 중 하나를 골라 앉으며 실내에서 끌어온 전깃불을 켠다. S자 고리에 매달린 LED등이 오렌지 빛을 뿌린다. 그녀가 테이블 위에 놓인 노트를 펼친다.

6월 23일. 아침 8시에 물 두 번. 저녁 일곱 시 반에 물 두 번. 오늘은 중간에 세 번 더 물을 주었다. 전화가 걸려올 때마다 물을 주자 마당에 자라는 녀석들이 퍽 싱싱해지고 있다. 사랑초 화분이 깨져 급한 대로 욕실 다라이에 옮겨 놓았다. 내일은 화분을 사러 나갈 예정. 날은 무덥고 내내 가물어서 이러다가 오른쪽 어깨가 무너질지도. 내년엔 감자를 심어볼 생각. 그러자면 카페 쪽 담장 아래에 흙을 돋워 밭고랑을 만들 필요가 있음. 흙은 올해처럼 천변에서 퍼오면 될 듯. 저녁 여덟시. 바람이 좋다.

농사일지를 덮은 그녀가 기지개를 켠다. 바닥에 등을 대고 눕고 싶다. 이 마당에 파라솔보다는 명석이 있으면 좋겠다고 그녀는 생각한다. 그녀는 전깃불을 끄고 노트를 챙겨 실내로 들어선다. 더운 피를 향해 모여드는 모기떼를 감당하자면 파라솔을 모기장으로 덮는 수밖에 없겠다고 생각하며 내일은 모기장을 하나 장만하자고 다짐한다. 출입문을 닫고 열 걸음의 복도를 지나 더 완벽한 실내로 들어선다. 자그마한 두 집이 합쳐졌을 것이다. 책방으로 쓰는 이 홀(hall)은 어쩌면 앞마당이었을지도 모른다. 모든 통로가 막혀 이 홀을 통과해야 갈 수 있는 뒷마당에 그녀는 138개의 화분을 키우고 있다. 38개의 다육이 화분이 놓인 창을 지닌 방으로 돌아온 그녀가 튼튼한 방충창 너머로 뒷마당을 바라본다. 사면의 크고 작은 창을 통과해온 흐릿한 빛 아래 더욱 선명해지는 냄새.

겨울밤이면 동네 남정네들은 짚을 꼬아 새끼줄을 만들곤 했다. 짚 냄새. 생고구마를 통가리에서 꺼내어 쓱쓱 깎아 베어 물던 소리. 누렇게 익어가던 방바닥. 입김들. 꽝꽝 소리를 내던 미나리꽝 옆에서 얼어가던 펌프. 스산하고 스산한 바람이 드나들던 창호문. 일렁이던 호롱불. 올 겨울엔 멍석을 만들어 볼까? 그러자면 짚이 있어야할 텐데. 어디서 짚단을 구하지? 따르릉. 따르릉. 아무래도 벨소리를 바꿔야겠네. 여자가 창 아래 벽에 기대어 앉으며 휴대전화를 귀에 댄다.

전화 괜찮니? 이젠 정말 지겹겠지만 내 얘기 좀 들어줄래? 말할 사람이 지금으로선 아무도 없네. 나 정말 왜 이러는지 모르겠어.

괜찮아. 은이야, 우선 심호흡을 해. 자, 천천히. 네 숨이 보이니?

응. 보여. ㄱㄹㄷ ㄴ ㅈㅁㄹ ㅁㅊㄱㄷ ㅅㅇ ㄴ ㅇㅉㅇ ㅎㄲ ㅣㅓㅐㅔ ㅝㅣ? ㅘㅓㅣㅑㅘㅡㅜ? ㅠㅡㅓㅘㅑ, ㅛ ㅣㅡㅘㅑㅠ. ㅣㅣㅔㅓ, ㅘㅓㅕ, ㅐㅏ. ㅣㅓ、 ㅓㅏ ㅡㅏ

ㅓㅐㅡㅏㅓ、ㅓㅜㅏㅐ. ㅣㅓㅝㅣ? ㅋㅣㅠㅓㅡㅓ
ㅣ? ㅓㅐㅑㅣㅡㅐㅝㅡㅏ? ㅘㅓㅣㅑㅘㅡㅜ? ㅘㅓㅣㅑㅘ
ㅡㅜ? ㅠㅡㅓㅘㅑ, ㅛㅣㅡㅘㅑㅠ. ㅣㅣㅔㅓ, ㅘㅓㅋ, ㅐ
ㅏ. ㅣㅓ、 ㅓㅏ ㅡㅏㅓㅐㅡㅏㅓ、ㅓㅜㅏㅐ. ㅣㅓㅝ
ㅣ? ㅋㅣㅠㅓㅓㅡㅓㅣ? ㅓㅐㅑㅣㅡㅐㅝㅡㅏ? ㅘㅓㅣㅑ
ㅘㅡㅜ? ㅘ. ㅣㅡㅗ ㅣㅓ、 ㅏㅡㅓㅕㅕㅚ?

ㅈㅂㅇㅇ. ㅇㄹㄷㄱㅈㅁ ㅈㄱㄷㅅㅇ. ㅇㄱ ㅁㄴ?
ㅈㄱㅅㅇ. ㄱㄹㄷ ㅁㅇ ㅅㅇㅇㅎㄷㅁ ㄱ ㅇㅇ ㅎㄴㅁ
ㅁㅎㅈㄹ? ㅅㅇ ㄴ ㅎㅂㅇ ㄷㄲ? ㄱㄹㄷ ㅅㄱㄴㅅㄴㅂ
ㅇㅊㄷㅅㅇㅈ ㅁㅇ. ㄴㅊㄷㅅㅇㅈ?

은이야, 괜찮아. 다 괜찮아. 어쨌든 가장 빠른 길은 오류들
을 쟁여놓지 말고 무시해버리는 거야. 그리고 잃어버린 감각
을 빨리 회복해보는 거야. 덥다, 허기지다, 졸리다, 시원하다,
부드럽다, 따끔하다……. 뭐 이런 것들을 그 때 그 때 알아채
보자는 거지. 병증의 증거나 이유들을 모으지도 말고 분석하
지도 말고 그냥 오늘 같은 날도 말이야, 얼마나 더워? 그러
니 참 덥다, 샤워를 하자, 배도 고프네, 먹을 게 없나? 이렇게
네 위장에, 살갗에 다가와 있는 욕구들을 먼저 보면 안 될까?
그리고 은이야, 말을 할 때 말이야, 네 옆에 있는 일곱 살 여
자애를 거쳐서 하면 어떨까? 지난번에 그 여자애를 옆에 두라

고 말한 것 기억하지? 그 여자애의 말로 식구들과 말해보면 어떨까? 그럼 누구든 얼마든지 네 얘기에 귀를 기울일 거야. 한번 나에게 먼저 해볼래?

우리 은이, 저녁밥은 뭐를 먹었니?

콩나물국에 밥을 말아 먹었어요.

지금은 뭐하고 있어?

아무 것도 안하고 있어요.

아니지. 은이는 친구 숙이와 전화를 하고 있잖아. 맞지?

응.

전화를 끊으면 뭘 할 거야?

명상호흡을 할거야.

아니, 아니. 우선 책상다리를 하고 앉아서 눈을 감고요. 숨이 오르내리는 걸 볼 거예요. 그렇지?

응.

은이야, 지금은 기분이 어때? 네 목소리가 아주 밝아 보이는데 기분도 그런 거니?

응. 호호호.

넌 웃을 때 정말로 너무 이쁘단다. 보는 사람이 다 기분이 좋아지거든. 그러니 자꾸 웃었으면 좋겠어.

응. 알겠어. 호호호호.

웃음소리로 통화가 끝이 났다. 귀가 뜨끈뜨끈하고 맘도 뜨끈뜨끈하다. 여자는 다시 뒷마당으로 나서며 파라솔 아래 걸린 전등을 켠다. 수도꼭지를 튼다. 양발을 어깨 넓이로 벌리고 양손을 앞으로 뒤로 위로 뒤로 다시 앞으로 모아 손뼉을 치기 시작한다. 전화벨소리라든지 손뼉을 치는 소리 같은 것에 화분의 식물들이 입을 쫑긋거린다는 말을 한 게 누구였더라? 딸이었나, 남편이었나? 비밀한 숨이 자라는 뒷마당에서 그녀가 허리를 굽혀 수도꼭지를 잠근다. 조로를 들고 다시 걸음을 옮긴다. 나란히 나란히 놓인 화분의 식물들이 다시 입을 달싹거린다.

산책자들

1.

여덟 시 반. 오라비가 버스에서 내렸을 것이다. 오라비는 결벽증에 가까운 청결상태를 유지하는 양반이었다. 그가 사는 집은 군대 내무반 같았다. 그만큼 늘 몸을 부지런히 움직였고 그만큼 잔소리도 많았다. 아침부터 세 식구가 지청구를 듣지 않으려면 남은 십여 분이 중요했지만 엊저녁에 주문해 놓은 꽃다발을 찾기로 약속한 시간이었다. 30분만 더 일찍 일어났으면 좋았을 텐데. 서둘러 계단을 내려와 골목으로 나서며 지숙이 무거운 숨을 토했다. 이 도시에서 가장 추운 골목일 거야. 연탄재를 뿌려놓아 골목은 더욱 황량했으며 바람마저 매서웠다. 예보에 의하면 이 한파는 주중에 잠깐 누그러졌다가 주말까지 이어질 모양이었다.

카디건 앞섶을 여미어 잡고 종종걸음을 치는 그녀 앞으로 커다란발이 쑤욱 들어왔다. 이 동네 모든 골목을 헤집고 다니는 덩치 좋은 사내의 등을 바람막이 삼아 그를 따랐다. 마침 그는 꽃집 쪽으로 발길을 옮겨갔다. 그는 확실히 훌륭한 산책자였다. 커다란발이라는 별명답게 보폭이 넓었지만 그녀가 충분히 따라붙을 만큼 속도를 늦추어주고 있었다. 마흔아홉 걸음(지숙은 앞서가는 커다란발의 걸음 수를 세고 있었다)만에 지숙은 종종 마주치지만 제대로 인사도 나눈 적이 없는 그를 '우리 편'에 넣었다. 마음이 놓이고 믿음이 가는 걸음을 지닌 사람이어서였다.

뒤따르는 걸음이 사라지자 커다란발의 가뿐해진 발이 평소의 속도를 되찾는다. 가게 문을 열던 등나무슈퍼 주인장이 안녕하신가, 알은체를 하여 그도 목례를 한다. 그는 등나무슈퍼를 끼고 왼쪽으로 돌아 빠르게 길을 잡아나간다. 수월사로 오르는 좁고 어두운 입구를 단걸음에 지나고 페르시안캣츠라는 요상한 이름의 세탁소를 지나고 팡팡노래방을 지난다. 솥전골목과 만나는 네거리에 이르러 이제껏의 왼편이 아닌 오른편으로 건너간 뒤에 전파사 앞을 기웃댄다. 네거리 코너에 있는 전파사는 벌써 이틀이나 문이 닫혀져있다. 말더듬이 주인장은 행선지를 알리는 아무런 표식도 없이 가게 문을 열지 않는다. 잠시 걸음을 멈춘 그가 상중이라거나 잠시 외출했다는 문구를 찾아보지만 허사다. 새시문으로 다가가 유리문 너머를 들여다보지만 앵글 선반 칸칸이 쌓인 물건들만 보일 뿐 주인장은 보이지 않는다. 용기를 내어 문을 흔들어보지만 안에서는 아무런 기척이 없다. 굳게 닫힌 문 앞에서 그는 물러난다. 길의 오른편으로 옮아간 발길을 왼편으로 되돌리지 않은 채 그가 다시 걷는다. 그의 시선은 다시 정면 15도 위에 고정된다. 그가 새로 생긴 가구물류창고를 지난다. 동서사무용가구와 미목가구를 지난다. 보지 않아도 왼편은 폐허다. 그의 왼쪽 라인은 죽었거나 죽어가고 있다.

"시계보다 더 정확해요. 꼭 이 시간에 이 앞을 지나더라구요."

그이도 커다란발을 보고 있었던 모양으로 플로라꽃집 젊은 안주인이 안녕하세요, 어서오세요가 아닌 말로 지숙에게 인사를 해왔다. 꽃집주인여자도 '우리 편'에 넣을 수 있는 사람이었다. 그녀는 장사꾼의 겉치레가 없는 사람이었다. 요즘들어 지숙은 겉치레의 말이 부쩍 싫어지고 있었다. 어느 때엔 난무하는 겉치레 말을 도저히 참을 수가 없어 조용히 자리를 뜨기도 했다. 이상스런 까탈이었다. 이 시간에 이 앞을 지난답니다. 꽃집주인의 조분조분한 말이 은은한 꽃향기처럼 감미롭다. 지숙은 잎이 두껍고 반질거리는 큰키식물들과 아기자기한 화분들, 첨단시설임에 틀림없을 유리온실이 따로 구비되어 있는 이런 비밀한 화원을 갖고 싶었다. 좋은 향기가 늘 콧속을 자극하는 기분은 어떨까.

꽃집에 오면 우중충하던 마음도 활짝 갠다. 화원을 천천히 구경하던 지숙과 눈이 마주치자 젊은 안주인이 이번엔 눈인사를 건네 온다. 예쁜 눈웃음이다. 새로운 꽃다발 하나가 완성된다. 넓은 작업대 위엔 완성된 꽃다발 예닐곱 개가 가지런히 놓여 있다. 빠르지만 허둥대지 않는 손놀림을 보고 있자니 마음이 뭉클해진다. 달인들이 믿음직스러운 건 바로 저러한 태도에 있다. 숙련된 기술이나 높은 지식이 아니라 전체로서의 사려 깊음. 작업대 위에 놓인 꽃다발 중에 지숙의 눈길을 붙잡고 놓아주지 않는 게 있다. 앞에 따로 빼어 놓은 목화꽃다발이다. 히트를 치고 최근에 종영된 드라마의 여주인공이 고등학교 졸업식 날에 받아서 화제가 되었던 목화꽃다발은 보현의 몫은 아니었다. 이거 하나 구하는데도 그렇게 힘들 수가 없었어요. 어쩌죠? 목화꽃다발은 제 조카 거예요. 다른 꽃으로 골라보셔야 될 것 같은데요. 엊저녁 목화꽃으로 꽃다발을 만들고 있던 주인은 난감해했다. 그 저녁의 안타까움이 되살아난다. 꽃집 주인도 그 안타까움을 고스란히 안다는 양 지숙의 시선을 흩뜨리지 않고 이 중에 당신이 주문한 꽃다발을 알겠느냐? 어느 것인지 찾을 수 있겠어요? 하는 장난스런 눈빛을 보내온다. 중간쯤에 놓인 꽃다발에 지숙의 눈길이 옮겨가 오래 머물자 그제야 지숙의 눈길을 받고 있던 꽃다발을 들어 올리며, 선생님(철물점 통장 아주머니가 지숙을 그렇게 불렀는데 그게 이 동네사람들에게 그대로 옮겨갔다) 안목이 대단하세요. 제가 권한 보라색 안개보다 역시 핑크가 더 잘 어울려요, 한다. 꼭 그렇지는 않았을 것이다. 다만 지숙의 의견을 최대한 수용한 꽃다발일 것이다. 전체로서의 사려 깊음. 지숙은 다시 제가 발견한 말을 떠올리고 빙그레 웃는다.

이쁘네요. 고마워요. 핑크색 장미 다섯 송이를 풍성하게 감싸고 있는 연한 핑크빛 안개 무더기에서 지숙은 목화꽃의 덩어리들이 보이는 것도 같다고 스스로를 위로하며 기분이 좋아져 꽃집을 나선다.

같은 시각 커다란발은 가구거리 한복판까지 이르렀다. 그는 설씨가구와 동서종합가구를 지나며 가구점들이 한 군데도 문을 열지 않았다는 것을 알아챈다. 아, 화요일인 모양이로구나. 그렇다면 천천히 걸어도 괜찮겠다고 속도를 늦춘다.

가구점 골목상인들은 화요일엔 무조건 문을 닫았다. 미장원들도 그랬다. 이유는 알 수 없지만 두 업종에 종사하는 이들은 화요일을 쉬는 날로 정하고 있었다. 문은 닫혔지만 구경꾼들을 위해 마련해놓은 꾸며진 실내엔 조명까지 환히 빛나고 있어 가게들이 늘어선 골목을 걷는 건 퍽 재미가 있다. 그는 쾌적하고 안락해 보이는 소파에 잠깐 앉아본다. 침대 위에 몸을 뉘어본다. 예쁜 화병이 놓인 식탁에 앉아서는 모락모락 김이 나는 접시를 기다린다. 완벽히 세팅된 거실 가운데 사시사철 웅크린 채 밖을 내다보는 강아지. 오늘도 그는 감쪽같이 저를 속이는 강아지모형에 놀란다. 실내에서 골목으로 엉겁결에 되돌아온 그가 서둘러 왼편으로 길을 꺾어 가구점 골목과 이어진 고물상 골목으로 접어든다. 길의 양옆으로 쇠사슬에 묶여 있는 리어카가 줄지어 나타난다. 파지와 패트병이 수북한 고물상들을 살찌우는 리어카가 잊을만하면 나타난다. 대승고물상을 지나고 중소고물상을 지난다. 다시 다섯 개의 리어카를 지나고 초록색 펜스 안에 쇠붙이를 모아둔 대박고물상을 지난다. 자전거 타이어와 파지들과 막걸리 통으로 만든 세 개의 산이 놓인 세십고물상 커다란 마당을 지나 경남고물상 앞에 잠시 걸음을 멈춘다. 경남고물상 철문에 매달아 놓은 조롱엔 새가 없다. 그는 매번 새가 없음을 확인한 뒤에 다시 걸음을 옮긴다. 리어카 일곱 대를 쇠사슬로 묶어놓은 우리고물상을 빠져나오며 오른 편으로 길을 잡는다.

네거리 점방에서는 아침부터 술에 취한 두 늙은이가 삿대질을 하며 싸움질이고 악착스런 주모가 삶은 달걀 값도 마저 내라고 고래고래 소리를 지르고 있다. 그는 그 싸움에 눈을 맞추려하지만 자꾸만 눈은 그 너머로 이끌린다. 점방 뒤 커다란 호두나무가 반파시킨 낡은 집. 보지 않으려하지만 여지없이 그의 눈길이 그 집으로 넘어가 머문다. 괴기스런 적산가옥엔 옷이 얇은 노파가 살고 있다. 무너진 집이 무서운지 무너진 집에 사는 얇은 옷차림의 노파가 무서운지 아니면 커다란 호두나무가 무서운지 묻는다면 대답할 수 없지만 이 풍경 전부가 무서워 그는 늘 걸음을 재촉한다. 커피백화점을 지나고 청수큐큐, 실과 바늘, 비디오판매점을 차례로 지나친다. 안전열쇠, 남부마켓, 신앙촌상회, 미모사양복점, 이불하우스를 지나 한복문화의 거리에 이른 그가 다시 걸음을 멈춘다.

삼거리에 자리한 수레바퀴 장애인센터 앞에는 오늘도 노인네들로 북적거린다. 안전운전 표지를 단 휠체어에 앉은 박영감이 인사를 건네오며 모자를 들자 그도 목례를 한다. 지팡이를 짚고 바삐 걸음을 옮기던 두 노인네가 읍성 서남터에 벌써 도착해 길을 건너려는 무리들에 섞인다. 길 건너 공원을 바라보는 무수한 노인네들의 허기를 피해 그는 중앙공원 쪽이 아닌 한복거리로 직진을 한다. 대흥혼수를 지날 무렵 로젠택배 차를 아슬아슬하게 비낀 그가 난폭한 택배차를 험담하는 대신 하루에 십만 보쯤 걷는 사람으로서 하기 힘든 실수를 한 제 두 발의 흐트러진 율동을 정돈하려고 영흥기물 앞에서 제자리걸음을 해본다. 가판에 내놓인 그릇들도 함께 하나 둘, 하나 둘 제자리걸음을 시작한다. 하나 둘, 하나 둘. 마음을 가라앉히고 자, 다시. 하나 둘 셋 넷 다섯 여섯…. 안정적으로 쉰아홉 걸음을 착실히 걸어가 이윽고 그가 중요한 시장 입구 중 하나인 약국 네거리에 다다른다. 남문터 표지석 옆엔 어김없이 비닐 앞치마를 두른 할머니가 마늘을 까고 앉아있다. 저 할머니의 단골 하나를 그는 알고 있다. 집 앞 골목에서 만난 책방여자는 할머니의 마늘을 그냥 지나치는 법이 없었다. 잘고 날렵한 마늘이 되에 수북하게 담기면 누군가는 멈춰 서서 주머니를 뒤진다. 흥정은 없다. 할머니의 되가 넉넉하다는 걸 단골들은 잘 알고 있기 때문이다.

입춘은 벌써 지났고 곧 우수였다. 지숙은 잔뜩 웅크린 채 해가 비쳐드는 쪽을 골라 디뎠다. 생리는 일정한 주기를 잃은 지 오래였다. 폐경이 시작된 지 한참이었으나 이상하게도 중요한 날엔 툭 생리가 터지곤 했다. 지숙은 꽃다발을 들고서 오백 오십 보를 걸어가 편의점에서 생리대를 하나 사서 나오는 중이었다. 보현이 만들어 놓은 적립카드에 포인트를 넣어주려고 애썼지만 어제 일을 시작했다는 청년은 포인트 적립을 아직은 배우지 못했다고 미안한 얼굴로 말했다. 괜히 그의 바쁜 시간을 빼앗은 것 같아 지숙이 외려 더 미안했지만 미안해요, 라는 말은 하지 않았다. 상대의 맘을 위로하는 적절한 말을 생각해놓았지만 그 말이 입밖으로까지 나오는 경우는 아주 친근한 사이에서만 가능했다.

마지막 한파라고 했지. 하지만 그렇더라도 꽃샘추위가 남았구나. 아직 맘을 놓기엔 일러. 겨울을 지나온 쉰 살 여자의 마음과 그리고 몸 역시도 추위에 대한 긴장을 풀지 못한다. 영상 8도에도 저체온과 심장마비로 백오십여 명이 사망했다는 신문기사에 눈이 간 건 아무래도 그 지명 탓이었을 것이다. 한 달 전에 그 섬나라를 다녀온 까닭에 지명이 먼저 눈에 들어왔던 기사였다. 덥지는 않지만 습도가 높아서 4박5일 내내 숙소 에어컨을 틀어야 했다. 아침저녁으로 약간 쌀쌀하다 싶었지만 카디건 하나로도 방어할 수 있는 날씨였다. 영상 8도에도 죽기도 하는구나. 지숙은 다시 '기후와 날씨'를 머리에 떠올린다. 뒤를 이어 '기상학과 연대기'란 묶음이 따라 올라온다. 심연으로 놓인 두레박을 길어 올릴 때 무심히 찰랑거리며 부상하는 문구들. 이 문구를 제목 삼아 언젠가는 글을 꼭 써보리라 결심을 하며 걸음을 재촉한다.

빈 집이 많은 동네다. 비어 있는 점포도 심심찮게 눈에 띄는 골목이다. 이러다 싹 밀리고 새로운 집과 새로운 사람들이 차지하기 십상인, 옆집 도시연구자 정원의 말을 빌리면 원도심이다. 골목이며 주택이며 오래되어 낡았지만 이 낡은 풍경에는 사람의 맘을 느긋하게 하는 무엇이 있다. 그러나 한없이 느긋해져선 곤란하다. 오라비가 벌써 집에 도착한 건 아니겠지? 맘이 바쁜데 걸음은 좀처럼 속도를 붙이지 못한다. 눈 탓이다. 자꾸만 풍경에 내려 앉아 쉬려는 눈. 조급하게 재촉하자니 몸이 기우뚱거린다. 지금 그녀의 감각기관들 중에 가장 힘이 센 건 눈이다. 천천히 사물들, 장소들에 내려앉고 있는 눈이다. 겨우내 얼었다 녹았다 반복하며 생명을 지켜온 가게 앞 화분들의 기미를 모른 척 지나칠 수가 없다. 여전히 건물을 올리지 못하는 공터에 움트는 기운들에 걸음은 더욱 느려진다. 저 사과상자들이라면 근사한 텃밭을 만들 수 있겠는걸? 그래, 올 봄엔 옥상에 텃밭을 만들어야겠어. 상추도 심고 고추도 심고 꽃이 이쁜 쑥갓도 심고 딸기도 심자. 한쪽엔 등나무 터널을 만들어봐야겠다. 그 그늘 아래서 세 식구가 도란도란 정담을 나누면 좋겠네. 아차, 보현인 곧 대학기숙사에 입소하니 자주 그러진 못하겠네. 그렇더라도 보현이가 여름방학에 동무들이라도 데리고 내려오면 삼겹살파티를 해도 좋을 거야. 세상에, 세월이 참 빠르네. 꼬맹이가 벌써 대학생이 되었어! 열흘 뒤엔 집을 떠나는구나! 초록색 칠을 한 철제대문을 여는데 대견함과 서운함이 교차하며 만든 이슬방울이 그녀의 품에 안긴 안개꽃다발에 떨어졌다. 삼촌이야? 크게 외치는 딸애의 목소리에 그녀가 아니야, 엄마야, 작게 대답한다. 딸애의 졸업식 한 시간 전, 오라비는 아직 도착하지 않은 모양이었다.

*

　시장으로 통하는 길은 스무 개가 넘는다. 그 중 서너 개는 두 사람이 겨우 교행할 수 있는 좁은 골목이지만 대체로 트럭 한 대는 너끈히 출입할 수 있는 길들이다. 넓든 좁든 어느 길로 접어들더라도 믿을만한 산책자는 실망하지 않는다. 어떤 골목이라도 미처 다 살펴보지 못한 구석이 있는 까닭이다. 오늘 커다란발의 눈에 들어온 '구석'은 실은 한복판이다. 시내에서 육거리 시장으로 진입하는 가장 빠른 길이라 약국 사거리는 언제나 붐볐다. 그래선지 이 진입로 초입엔 열 개의 벤치가 길 복판에 늘어서 있었다. 커다란발이 그 벤치들 중 하나를 차지하고 앉아 꾸벅꾸벅 졸고 있는 초로의 사내에게로 걸음을 옮긴다.

졸 다 깬 사내는 몇 날 남지도 않은 머리칼을 정돈하며 여름엔 너무 덥고 겨울엔 또 더 추운 곳이라고 중얼댄다. 곁에 다가와 앉은 커다란발에게 딸내미가 오늘 졸업이랍니다, 하며 낡은 코트 깃을 여미지만 바람이 세차게 불어온 까닭에 코트 앞자락이 펄럭대고 머리칼이 흐트러지고 만다. 그냥 오리털 파카를 입고 나올걸 그랬네요, 하며 목을 움츠린 채 담배 한 대를 빼어 물었는데 마침 벤치를 지나가던 중년의 부인이 코를 막으며 이맛살을 잡는다. 딸내미는 정말로 오랜만에 보는데 발걸음이 떨어지지 않네요. 초등학교 다닐 때 한 번 보고 못 봤거든요. 아무래도 숙소에 들러 옷을 갈아입고 나와야할 듯싶어요. 매서운 날씨네요, 하며 초로의 사내는 해진 가죽가방을 옆에 끼더니 벤치에서 일어났다.

커다란발을 벤치에 남겨둔 초로의 사내는 종종 걸음으로 2차선 도로를 건너려다 끽— 소리를 내며 급정차를 한 택시 기사에게 욕을 쳐듣고는 한 발을 물리어 연신 굽실거린다. 이긴 도로엔 도로의 처음과 끝 단 두 곳에만 신호등이 설치되어 있다. 정말 미안합니다. 정말 미안해요. 벌써 코너를 돌아 사라진 택시를 향해 굽실댄 그가 역시 무단이지만 조심하며 도로를 건너와 휴— 길게 숨을 내쉰다. 공원을 가로질러가다 바쁘게 걸어오는 저와 비슷한 용모(대머리에 코트를 입고 있었다)의 사내를 보고는 깜짝 놀라 걸음을 물린 채 사내를 주시한다. 사내 역시 무단으로 도로를 건너려다 저의 경우처럼 급정거를 한 택시가 울리는 경적에 깜짝 놀라며 뒷걸음을 친다. 너무 놀랄 건 없수다. 무사히 건널 수 있수. 그는 등을 돌려 착실히 공원을 지나와 공원장여관의 현관을 연다.

중앙공원 앞 도로를 막 건너온 지용이 이마에 솟은 땀방울을 닦았다. 맥없이 식은땀이 난다. 육촌 형이 넘겨준 아파트 경비질 이태 만에 건강이 아주 나빠졌다. 당뇨 합병이 오는 모양인지 눈도 이도 모든 게 고장이 났다. 집안 내력으로 간의 건강에 유의하는 편이었지만 그나마 소주 한 병을 마셔야 하루를 버틸 수 있었다. 조카딸이 세 살이던 해에 천공이 되었던 위도 무슨 문제가 생긴 모양 더부룩했다. 건강을 생각해서 일을 그만두라는 여동생의 간청에도 일을 쉬지 못한 것은 십오 년째 침대에만 누워 지내는 노모를 돌봐야 했기 때문이다. 병든 노모를 돌보는 비용을 여투어 놓지 못한 탓이었다. 열여섯 살이나 차이가 나서인지 몰라도 그에게 여동생은 동생이라기보다는 자식 같았다. 여동생에게 노모를 돌봐달라고 할 수는 없는 노릇이었다. 게다가 동생네 살림살이로는 저희들 세 식구가 이럭저럭 지내는 것으로도 고맙다 여겨야할 형편이었다.

고풍스런 웨딩숍이 이어진 길이지만 그의 눈을 사로잡은 건 낡은 2층 건물이었다. 덩치가 주변 건물에 비해 턱도 없이 작지만 미처 철거하지 못한 이 건물의 간판도 웨딩숍이다. 이 건물 2층에 만화방이 있었다. 삐걱대는 나무계단은 폭이 좁고 가팔랐지만 문을 열고 들어가면 천국이 거기였다. 중학교 3학년이던 그에게 이종사촌누이의 만화방은 그야말로 꿈의 장소였다. 겨울방학 내내 누나네 만화방에서 심부름을 하며 만화의 세계에 흠뻑 빠졌던 소년은 어느새 예순여섯 노년으로 접어들었다. 노년이 되니 좋은 점도 있다. 지하철은 공짜고 기차도 경로우대를 받았다. 하지만 그걸 또 악착같이 절약하는 저 자신이 쑥쓸하지만 몸에 밴 습성이니 피할 수 없다. 받아들여야 한다. 그는 묵묵하게 받아들이는 것 하나는 참 잘하는 사람이었다.

완행버스에 몸을 싣고 고향을 벗어나면서부터 가장으로서 마땅히 모친과 곧 태어날 동생을 책임지는 선택 쪽으로 맘은 진즉에 기울어져 있었다. 몸을 살짝 기울였다고 생각했는데 오십년이 그렇게 지났다. 지용으로서는 한 번도 몸을 똑바로 세우고 걸었다는 느낌이 들지 않는 것이다. 한번 기운 몸은 해가 갈수록 기울었고 쓰러질듯 그렇게 뱅뱅 한 생을 돌려왔다. 다행스럽게도 땅바닥에 고꾸라지지는 않았다. 후회는 없다우. 소년의 착한 눈망울을 바라보는 젊은 누이라도 있는 양 초로의 사내가 그 옛날 만화방이 있던 이층 창을 올려다보다 주억거리는데 배가 꼬르륵 소리를 모아 터뜨린다. 아침도 거르고 기차를 타서인지 구수한 냄새를 맡자 생목이 올라온다. 난로에 물을 데워 누이가 끓여주던 라면이 느닷없이 간절하다. 하지만 사촌누이는 작년에 서둘러 다른 세상으로 건너갔다. 그의 몸도 신통찮기는 마찬가지다. 재작년 당뇨 진단을 받은 뒤로 아예 입에도 대지 않던 라면이 이 아침의 허기를 부추기는 통에 그는 걸음을 재게 놀려본다. 구수한 냄새를 풍기던 건 칼국수였다. 새시문이 열리며 사내 하나가 나온다. 허름한 식당일수록 맛은 좋은 법이지. 김이 서린 새시문 저쪽에서 중늙은이 둘이 아침부터 막걸리 잔을 기울이고 있다. 새벽에 일거리를 찾아 나섰던 걸까. 그나저나 이 저울가게는 아직 자리를 뜨지 않았네. 코너를 돌며 그가 중얼거린다. 자유극장자리는 이제 자유노래방이 되었구먼. 젊은 시절 한때 그는 전국을 돌며 끈을 팔아먹고 살았다. 이 도시는 외가쪽 친척들이 몇 군데 자리를 잡고 있어서 자주 들른 곳이었다. 두 돌이 채 되지 않은 딸아이를 데리고 이 도시로 이주를 결심한 동생네를 따라 같이 내려왔다면 어땠을까? 그러나 그는 거대도시의 한 귀퉁이에서 그 거대한 도시의 시민으로 사는 길을 택했다. 장기적인 포석이었다. 그리고 마침내 그 십수 년 전에 두었던 포석이 빛을 발해야할 때가 왔는데 그 포석은 외려 무리수가 되었던 것이다. 병든 노모와 우울한 삼촌이 아옹다옹하는 집에서는 조카가 푸르른 청춘을 살지 못할 게 분명했다. 다행히 조카딸은 대학 기숙사에 입소하여 제 또래와 함께 살게 되었다. 가끔 학교 앞으로 가면 만나나 줄 텐가 모르겠네. 가서 용돈이나 주고오자 싶은데 그걸 하게 해줄는지, 원. 늙은 외삼촌이 귀찮을 거야. 오래된 자신의 계획에 차질이 빚어진 게 못내 아쉬워 그의 미간이 찡그려진다. 해가 바뀌며 일도 그만둔 마당이어서 노모를 모시고 동생네 근처로 이사를 올까도 생각해보지만 그저 생각뿐이다. 조카딸이 지금 그와 모친이 살고 있는 작은 아파트를 쓰면 여러모로 좋을 것 같았지만 그걸 그대로 놔두고는 여기에 방 두 칸짜리 작은 임대아파트를 구할 돈도 남아있지 않은 마당이었다. 저희 집으로 들어와 살라는 동생의 말을 노모에게 전했더니 턱도 없는 소리 말라는 대답이 쩌렁쩌렁하게 돌아왔다. 어디 할 짓이 없어 시집간 딸내미 집에 얹혀 사냐고, 버럭 화를 내는 노모의 서슬은 정신이 말짱할 때보다도 더 퍼랬다.

따로 이름도 없이 담배 간판이 간판을 대신하고 있는 구멍가게에서 담배를 두 갑 사서 나오며 지용이 코트 주머니에서 손전화를 꺼내 시간을 본다. 간병인이 왔겠구나. 노모가 괜한 성화를 부리는 건 아닌지 모르겠네. 손전화를 만지작대다 도로 주머니에 넣으며 그가 휘적휘적 길을 잡아간다. 수건집도 여전하구먼. 진열장 켜켜이 쌓인 수건들을 지나 저리로 곧장 가면 큰 약국이 있었는데 아직도 그대로 있나 모르겠네. 끈은 생각보다 잘 팔렸다. 지업사나 철물점, 문구사는 물론이고 약국이나 수건집이나 끈이 필요한 가게가 많았다. 공장의 기계는 쉬지 않고 돌아갔고 금세 기계 값도 갚고 집도 살 수 있을 것 같았다. 여동생이 중학교에 입학했을 때니 그의 나이 서른에 자수성가하는가 싶었다. 고향에 떨어져 계시던 어머니를 모셔왔다. 그러나 삼년 만에 망했다. 동업을 했던 고향 친구가 사기를 치고 내뺐다. 여동생이 고등학교에 입학했을 때 그는 동업자인 친구를 대신해 사기죄로 교도소에 잡혀 들어갔다. 채무액만큼 살다 나오니 어머니가 결핵 치료를 받고 있었다. 떠돌이로 살던 아버지가 시한부 목숨으로 조강지처를 찾아와 며칠 묵고 간 건 여동생이 고등학교 3학년이던 가을이었다. 동생의 대학합격이 발표 나던 날 아버지가 돌아가셨다. 이 길 저 길 떠돌더니 죽음의 자리도 길이었다. 여동생은 평생 아버지는 다섯 번쯤 봤다고 웃으며 말하곤 하지만, 그는 차라리 그게 더 나았다고 여동생을 부러워하곤 했다. 아버지는 그에게 용서할 수 없는 사람이었다. 서른 해 전에 벌써 저세상으로 가고서도 지금처럼 불쑥불쑥 그 앞에 나타나면 여전히 그는 분노에 휩싸인다. 혈육이란 것, 가족이란 것이 이처럼 무지막지하게 힘이 세다고 저도 모르게 한숨을 길게 쉬며 그가 치킨집을 지나친다. 재채기를 한바탕 한 뒤 손수건으로 코와 입 주위를 닦으며 옷깃을 다시 여민다. 힘에 부친다. 그는 아이구야, 소리를 내며 페인트 가게를 끼고 돈다. 빨간 승용차가 보인다. 샛골목에서 빠져나오는 동생을 보고는 제 눈을 잠시 의심한다. 환영이 아니라는 증거인 양 동생은 몇 걸음을 착실히 걸어가 대문을 열더니 안으로 사라진다.

그는 페인트가게 처마 밑에서 걸음을 쉬며 담배 한 대를 빼문다. 서로에게 약간의 시간이 필요하다. 뒤룩뒤룩 달고 온 상념을 내려놓을 시간, 여동생이 숨을 잠깐 돌리며 물 한 잔을 마실 시간, 주책없이 여동생의 뒷모습에 축축해진 눈시울이 마를 약간의 시간이. 그래도 공기는 좋구나. 춥기는 이곳이 더 춥구나. 그는 그런 생각 쪽으로 자신의 생각을 간추리며 천천히 담배를 빤다. 스물댓 걸음 저 앞에 그가 당도할 허름한 이층집이 있다. 그 집이 허름한 월세집이라 해도 마음이

든든하다. 졸업식은 열 시부터 시작이라고 했다. 아직 한 시간이 남아 있었다. 예순여섯 해를 독신으로 살아온 그가 살뜰히 담배 한 대를 피우고는 다시 걸음을 옮겼다.

2.

오늘도 일을 못나갔는가? 예—. 아침도 못 먹었겠구먼? 예—. 이거나 하나 먹고 가소. 종이컵에 국물을 담고 꼬치 두 개를 넣어 신씨가 씩씩— 콧김을 뿜으며 사람 사이를 요리조리 빠져나온 백발의 사내를 떡볶이리어카에 눌러 앉힌다. 사내가 점퍼 안주머니에서 소주병을 재빨리 꺼내어 리어카 밑으로 놓자 신씨가 종이컵을 하나 더 빼어 그 앞에 놓는다. 꽃을 파는 리어카도 호미며 낫이며 칼을 파는 리어카도 구부정한 사내의 짓거리를 외면한다. 신협 벽 아래에 상추, 배추, 호박, 고추, 파 등 야채 등속을 내어놓고 담배 한 대를 태우고 있던 쪽진 머리의 노파만이 쯧쯧 대놓고 혀를 찰 뿐, 시끄러운 시장 네거리를 점령한 발걸음들은 오뎅과 떡볶이를 파는 신씨의 리어카 밑에다 소주병 하나를 숨기고 몰래 소주를 마시는 이 사내에겐 관심도 없다.

어이 큰발, 이리 앉아 내 얘기 좀 들어주게나. 소주 한 컵을

단번에 들이켠 뒤 꼬치 한 입을 베어 우물대던 백발사내가 옷
가게들과 신발가게들과 새로 생긴 떡갈비 가판대를 지나고
서울마님죽집을 지나고 커튼가게를 지나며 잠깐 오른편으로
길을 잡을까 고민했지만 이 시장골목에서 가장 볕이 좋은 집
마당은 칼국수집이 새단장을 하며 담을 둘러쳐서 이미 출입이
용의치 않았기에 그대로 직진해 내처 좀 더 복잡해진 시장통
으로 꾸역꾸역 밀려들어오다 마침 떡볶이리어카에 이른 커다
란발을 잡아 앉힌다. 아주머니 여기 오뎅 천원어치 퍼 주시우.
이 사람까지 부른 마당에 공짜 안주를 먹을 순 없지요. 사내
옆에 앉혀진 커다란발 앞에 꼬치 다섯 개가 든 플라스틱 대
접이 놓인다. 커다란발은 예의 가타부타 아무 말이 없이 꼬치
하나를 집어 우물거린다. 사람들은 커다란발을 두고 머리가
좀 모자란다느니 벙어리라느니 말이 많았다. 사람들의 말을
잘 들어주기는 했지만 그가 무슨 말인가를 하는 경우는 없어
서였다. 그래서인지 이 커다란발을 앞이나 옆에 앉히고 이런저
런 속내를 씨부렁대는 사람들이 많았다. 이 백발의 사내도 그
중 한 사람이었다.

　참말로 기가 막혀서 분이 풀리질 않는구먼. 내가 월세를 딱
제 날짜에 줬는데 말이여, 글쎄 주인씨는 안 받았다는 거여,
세상에. 내가 월세 밀리는 거 봤는가? 자네도 나랑 근 2년을

옆지기로 살았으니 알 거 아닌가? 내가 그럴 인간이여? 그랬다. 씩씩대는 이 사내는 바로 남문여인숙 3호에 살고 있는데 커다란발은 바로 옆방 4호에 기거하고 있었다. 여인숙 주인 장미씨는 그들을 3호와 4호로 불렀다. 간단하고 경제적인 호칭이었다. 그러나 정감을 가진 존재에게 붙이기엔 묘하게 죄스러운 호칭이기도 했다.

에이구 드러워서, 못살겠다. 3호가 턱짓을 하자 4호가 제 앞의 종이컵을 든다. 컵에 가득 따른 맑은 술을 꿀꺽꿀꺽 삼키는 3호와 달리 4호는 종이컵을 입술에 댈 뿐 목으로 넘기지 않는다. 3호가 빈 컵을 내려놓는 때를 맞추어 술이 여전한 제 컵을 조용히 내려놓는다. 조실부모하여 여기저기 얹혀살았지만 내가 셈은 맑은 사람이여. 리어카 밑에서 술병을 꺼내어 재빨리 잔을 채운 뒤 도로 밑으로 숨기며 3호가 목청을 높인다. 통장으로 월세를 넣어줘. 그럼 문제될 것이 없제. 딱 찍히니께. 신씨가 파를 숭숭 썰어 부글부글 끓고 있는 떡볶이에 얹은 뒤 물 한 바가지를 두르며 훈수를 둔다. 아이구, 아주머니, 돈은 딱 갖다 줘야 받는 사람도 맛이 나잖유. 그리고 설라무네 뭐, 그렇게까지 애깐지럽게 굴 맘도 읎슈. 서로 믿지 못할 사이가 아닌데 이 날짜를 보슈, 여기 찍혔쥬, 그럴 것은 읎쥬. 근디 이 착한 맘이 다 소용이 없어져 버렸슈. 복장이 터지게 생겼슈. 아주 답답해 죽겠슈. 이것 좀 보슈. 이렇게 확실한데 말이유. 3호가 작고 얇은 수첩을 꺼내어 2라는 숫자(달력에서 오려붙인 것이다)가 붙은 페이지에 그려진 동그라미를 들이밀자 신씨가, 에구야, 냈네, 냈구먼, 한다. 4호야, 이것 봐라, 하며 곁에 앉은 커다란발에게도 들이민다. 분명히 동그라미가 그려져 있다. 그렇지만 이게 무슨 동그라미인지 아무런 내역이 없다.

　매년 내가 말이여. 이 작은 수첩에다 열두 달을 오려서 붙여놓고 월세를 내면 동글뱅이를 친다 이거여. 이게 월세를 낸 장부란 말이지. 내가 맥없이 동글뱅이를 칠까? 주인씨헌티 15만 원을 주고 올라와 그때 정성스럽게 동글뱅이를 친다 이 말이여. 월세를 주기 전에 쳐도 되지만 난 말이여, 월세를 내고 올라와 그때 친다 이거여. 근디 우째 열흘 전 일을 모른다고 잡아떼는지 참, 나. 뭔 일인지 모르겠네. 뭔가 미스가 난 거여. 주인씨가 후덕하진 않아도 거짓부렁을 할 이는 아니란 걸 나도 잘 알아. 그러니 더 환장하겠단 말이지. 그이가 감쪽같이 나를 속이려고 드는 게 아닌 줄은 알겠는데 기억이 없다는 데야 으쩌겠는가. 3호가 다시 단숨에 잔을 비운 뒤 꼬치 하나를 새로 우적거린다. 4호 자넨 월말에 월세를 내던가? 월초에 내는 사람이 나 말고 또 누군지 아는가? 1호여, 아니면 2

호여? 대답을 기다린 게 아니란 듯 고개를 흔들며 양손을 휘 젓고는 리어카 밑에 숨겨둔 소주병을 꺼내어 남은 술(몇 방 울 떨어지다 말았는데)을 톡톡 털어 예의 건배 시늉을 하고는 호로록 마셔버린다. 그들이 장기투숙하고 있는 남문여인숙은 방 4개짜리 허름한 여인숙인데 매달 25일에서 뒷 달 5일 사이 에 몰아서 1달 방값을 받았다. 커다란발은 눈앞에 보이는 저 기 신협에서 매월 말에 월세를 부쳤다.

술이 모자란 3호가 입맛을 쩝쩝 다시자 커다란발이 제 종 이컵에 든 술을 3호의 컵에 마저 따라준다. 아이구ー 그건 자네 몫인데. 이왕 이리 된 거, 하며 백발의 늙은이가 꼬치 한 입을 베어 우물우물 씹으며 막잔을 아끼다가 참지 못하고 기 어이 홀랑 입속으로 부어버린다. 그래, 내자, 그까짓 거, 했제. 그래서 내가 요새 매일 새벽같이 인력시장엘 안 나갔는가. 근 디 어쩨 일거리는 더 읎고 착실히 트럭가지고 일 다니던 타 일집 박씨까정 일을 구하러 왔더구먼. 자네도 박씨를 잘 알 제? 커다란발이 고개를 끄덕이자, 그려, 작년 여름 그 난리굿 을 해설라무네 온 동네에 내가 여기에 이사 왔다, 알린 그이 를 자네도 알거구먼. 그나저나 작년 여름에 왜 그 사단이 난 줄은 잘 모르제? 박씨 어무이가 콜라텍에 아주 빠져버렸다는 구먼. 전자올겐의 황제 전익중이가 나온다는 거기 맘모스콜라

텍 말이여. 우리덜 집에서 자네 걸음이면 열댓 걸음이면 가겠구
먼. 열댓 걸음엔 못 갈라나? 서른댓 걸음이면 충분할 거 같은
디 안 그런가? 어쨌든지 말이여, 그 맘모스콜라텍이 문제여.
박씨가 우리 동네로 이사를 오게 된 것두 그 집 노인네의 술
수였다는구먼. 그걸 박씨는 이사를 와서야 안 모양이여. 박씨
도 참 안됐지. 여편네도 바람나서 도망간 거라잖어? 근디 어
째 어마니마저 춤바람이 났는지 원. 근디 그 전익중이란 자가
황제긴 황제인 모양이여. 나야 그냥도 허기가 져서 몸을 흔들
맘은 요만큼도 없지만 늙은이들이 바글바글하다대. 참, 나.
그렇다구 내가 노인네들을 싸잡아 뭐라는 건 아녀. 심간 편
한 이들은 유흥도 필요허제. 중앙공원에서 밥이나 얻어먹으려
고 바들바들 떨고 있는 늙은이들 보담 낫제. 그렇다구 내가
중앙공원 늙은이들을 또 싸잡아 욕하는 게 아녀. 그 한 끼니
를 못 먹으면 황천길인 노인네들을 뭐랄 순 없제. 그들두 오
죽허면 이 엄동설한에 밥차를 기다리며 나래비를 서겠나. 문
제는 뭔고 하니 말이여, 국정농단한 그것들이다 이거여. 그것
들 재산을 확 몰수혀서 대한민국 국민 앞앞이 천만 원씩만
주면 얼마나 좋아. 안 그런가 이 사람아? 그러면 소비도 살아
나고 우리 아줌씨 장사도 잘 되고 신바람 이박사 만치로 호
이— 호이— 신명이 나서 요래요래 콜라텍을 안가도 춤이 절

로 날 걸세, 하며 어깨춤을 추자 지나가던 행인 몇의 얼굴에 설핏 웃음이 서렸다 사라진다.

아나. 공짜 좋아하믄 고 얼마 남지 않은 머리털도 죄 **빠**질 것이구먼. 신씨가 3호를 향해 픽 웃으며 식은 오뎅국물에 뜨거운 국물 한 국자를 부어준다. 천만 원이 다 뭐여. 1십만 원씩만 줘도 아이구 나랏님, 아이구 고맙소, 신명이 나겠지만 내 팔십 평생에 그런 세상은 없더구먼. 그러니 송씨(3호의 성이 송씨란 걸 커다란발은 처음 알게 되었다)도 어서어서 꿈 깨시요. 그러니께 착실히 야채장사를 했으믄 색시도 얻었을 거고 아들딸 놓고 얼마나 재밌게 살았겠소. 그 잘 되던 장사를 왜 걷어서 말년에 이 고생이우? 그나저나, 방은 따땃한가? 두꺼운 점퍼를 입고도 오들거리는 송씨를 애잔히 바라보며 신씨가 묻는다. 방은 따뜻허쥬. 주인씨가 야무진 사람이유. 진즉에 옥상에다 태양열판을 설치해서 전기는 맘놓고 써유. 목욕탕 물도 따뜻하고 방도 따뜻해유. 집이 겉보기엔 그래도 살만해유. 안 그런가? 3호가 커다란발의 동의를 구하며 먼저 고개를 끄덕댄다. 커다란발 역시 끄덕대는 고갯짓을 하며 부르르 한차례 몸을 떤다. 오지게 춥구만. 이 전기난로 하나로 아주머닌 괜찮유? 끄덕없제. 아주머니 참 대단허슈. 몸을 한차례 더 부르르 떨더니 송씨가 자리에서 일어난다. 난

이만 들어가야겠네. 술이 부족혀. 가다가 쐬주 한 병 사서 3호에 틀어박혀야겠네. 아주머니, 잘 먹었슈. 송씨가 천 원짜리 한 장을 신씨에게 건네며, 근디 이 전기는 공짜로 끌어오는 감유? 묻는다. 어이구 공짜 좋아하지 말래니께. 요 세 리어카가 저기 신협에 얼마씩 내지. 거기서 끌어오는 거여. 아주머니도 쉬엄쉬엄 허시우. 그래도 일을 안 하면 더 아프지유? 하며 3호가 휘적휘적 끄덕끄덕 시장통을 빠져나간다.

송씨를 따라 자리에서 일어난 커다란발은 이제 막 신협에서 나온 젊은 남녀에게 길을 비켜준다. 장날이 겹쳐져 시장은 명절 대목만큼이나 북새통이다. 그러나 걷기의 달인인 커다란발에겐 그런 건 아무 문제가 아니다. 그는 두 젊은 남녀를 착실히 뒤따른다. 신협을 나오던 젊은 여자가 "이제 넌 어디로 갈래?"라고 젊은 남자에게 물었기 때문이었다.

"할머니 집으로 가려고."

묵직한 배낭을 멘 젊은 남자가 대답한다.

"거긴 더 추울 텐데."

"나무를 열심히 하지 뭐."

"그래, 거기서도 일을 해야지."

"너는 어쩔 셈이야?"

"나야 뭐."

북새통을 뚫고 오는 자전거를 비키며 여자가 잠시 말을 끊었다가 잇는다.

　　"언니네로 가도 되고."

　　"원룸이라며? 언니 남친도 있고."

　　"남친이 매일 오는 것도 아니고, 잠시 언니네서 진로를 모색해볼 수는 있어. 별 수가 없으면 엄마에게 몇 달 가 있어도 되고."

　　"거긴 너무 멀지 않아?"

　　"괜찮아. 그래야 너 생각나도 그 거리에 안심이 되기도 할 거고."

　　"우린…. 그냥 룸메였나?"

　　"그럴지도. 아무려면 어때. 뭐가 달라지나?"

　　"그렇군."

　　"거긴 더 춥겠다."

　　"나무를 하러 다니지 뭐."

　　"거긴 너무 멀다."

　　"그러니까."

　　"그러니까 우린 그냥 룸메로 함께 몇 년 산 관계지."

　　"그러니까 다시 살아볼까?"

　　"뭐로?"

"공부는 마쳤으니 알바는 맘 놓고 뛸 수 있잖아?"

"어디서?"

"한 달 달방은 끊을 수 있어."

"또 미리 살자는 말이구나."

"알바를 서너 개 하면 저축을 좀 할 수 있지 않을까?"

"삼각김밥, 컵라면, 이제 더는 못 먹겠어."

"하긴 그래."

시끄러운 경적소리가 그들의 말을 집어 삼킨다.

"넌 길을 건너가야겠구나."

"넌, 언니네로 갈 거라는 거지?"

"응."

시장 오거리에 서 있던 신호등 두 개가 초록불로 바뀐다.

"갈게."

"잘 가."

배낭을 멘 젊은 남자가 횡단보도에 내려선다. 젊은 여자가 긴 패딩점퍼를 오므리며 농협을 끼고 돈다. 두 남녀를 뒤따르던 커다란발이 남자를 버리고 여자를 뒤따른다. 약국을 지나고 농자재 점포를 지나고 묘목가게를 지나고 자전거포를 지난다. 젊은 여자는 모든 샛길들을 지나친다. 야채가게를 지나고 족발집을 지나고 국밥집을 지난다. 큰 도로로만 걸음을 잡는다. 사방으로 이어지는 넓은 네거리를 만나서야 여자는 오른편으로 길을 새로 잡아나간다. 천변도로다. 시장을 에워싸고 있는 큰 도로를 죄다 걸어볼 참인가. 커다란발이 묵묵히 여자의 뒤를 따른다. 여자의 어깨가 들썩인다 싶지만 무엇을 어찌해야 좋을지 그는 모른다. 이제 여자는 고개를 숙이고 그냥 걷는다. 걷고 걷고 걸어서 지나고 지나고 지난다. 작은 네거리에 이르러 여자는 고개를 든다. 삼일운동만세터라고 쓰인 표지석 곁에서 머뭇댄다. 공원이라 말하기도 뭣한 아주 작은 공원이지만 그런 거창한 일이 이 자리에서 있었다는 것에 놀란 걸까? 공원을 가로질러 놓인 저 등나무터널은 커다란발의 걸음으로 20보이다. 등나무터널을 비끼어 작은 정자가 하나 있다. 거긴 커다란발이 가끔 다리쉼을 하는 곳 중에 하나지만 지금은 막 다시 걸음을 옮기기 시작한 젊은 여자를 묵묵히 따라갈 뿐이다. 여자가 좁은 도로를 재빨리 건넌다. 여자를 착실히 뒤따르던 커다란발이 여인숙주인 장미씨의 3층짜리 건물 앞에서 걸음을 멈춘다. 3층은 교회고 2층은 여행사다. 간판은 그러하지만 두 층은 다 비어 있다. 1층엔 123휴게소와 송어횟집 간판이 있지만 네거리 코너에 있는 이 덩치 큰 건물은 비어있다. 커다란발이 잠시 지체하는 사이 여자는 제일지물포를 이미 지나고 있다. 여자로부터 열 걸음 남짓 뒤처졌던 커다란발이 크게 보폭을 잡아 여자를 금세 뒤따르기 시작한다. 지물포와 구씨네 용달화물집 사이로 난 좁은 골목으로 들어가면 커다란발이 사는 남문여인숙이 있다. 하지만 커다란발은 여자를 따라 직진을 한다. 왼편으론 천변도로보다 두길 낮게 노상주차장이 있고 그 낮은 도로에 차들이 들어차있다. 오래 비어있어 창들이 다 떨어져나간 을씨년스런 2층 집을 지나고 신진기업을 지나 동광철물점 삼거리를 만나지만 여자는 여전히 길을 꺾지 않는다. 한분순 여사의 낡은 단층집을 지나고 한분순 여사(똥장군을 지고 산 아버지가 지어준 이름이다. 초년은 퍽 고단했으나 그러나 지금은 이 골목에서 가장 많은 땅을 지닌 부자다)의 새뜻한 2층집을 지나고 찌그러진 곳 펴줌이라고 쓰인 현수막이 걸린 역시 한분순 여사가 세를 놓은 카센터를 만나서야 여자가 오른쪽으로 길을 꺾는다. 제일교회와 한우설렁탕집을 지나고 남문노인정 앞마당에 우람한 느티나무를 지난다. 다시 작은 네거리를 만난 젊은 여자가 망설임도 없이 3층 건물의 현관을 밀고 들어간다. 오페라모텔 유리문에서 풍경소리가 나다 멈춘다. 젊은 남녀는 대학 마지막 학기를 저 모텔에서 달방을 얻어 지냈다. 인도교 건너 천변 저쪽에 있는 대학 앞은 보증금이 있어야 했고 월세도 비싼 편이었기 때문이었다. 커다란발은 걸음을 물리어 노인정 우람한 느티나무 뒤로 몸을 숨긴다. 모텔 맞은편에 자리 잡고 있는 옛날식당 복자씨 눈에 뜨이지 않기를 바라는 맘에서였다.

느티나무 옆, 그네 두 개가 바람에 흔들거린다. 그 옆으론 두 마리의 코끼리가 있다. 노랗고 빨간 코끼리 모양의 미끄럼틀 두 대와 그네 두 개가 노인정 마당에 떡하니 자리를 잡고 있다. 그것들은 아파트 놀이터에나 있어야 제격일 텐데 어린애라곤 타일집 막내인 중학생 여자아이 뿐인 이 동네의 노인정 마당에서 낡아갔다. 노인정에 어울리는 건 미끄럼틀이나 그네가 아니라 저 살찐 고양이였다. 볕이 드는 시멘트 담장 밑에 잘 보아야 보이는 돼지만한 회색고양이가 피둥피둥 잠에 빠져있다.

"안녕히 계세요."

젊은 남자와 함께 산 배낭을 멘 젊은 여자가 고양이 이동장을 들고 모텔 문을 나섰다. 현관문은 벌써 닫혔지만 여자는 모텔 작은 네거리에 서서 발을 떼지 못한다. 우람한 느티나무 뒤에 숨어 커다란발이 여자를 주시한다. 한참을 붙박이로 서있던 여자가 한우설렁탕집 공터에 고양이 이동장을 두고 총총히 낡은 골목을 빠져나갔다. 몇 사람이 지나갔지만 고양이에게 관심을 보인 사람은 없었다. 하나 둘 노인정으로 동네 할머니들이 모여들기 시작할 때야 돼지고양이가 늘어지게 기지개를 켜고 일어났다. 커다란발도 느티나무를 벗어나 조심스럽게 설렁탕집 공터로 다가가 고양이 이동장을 손에 넣었다. 누가 볼까 싶어 재게 걸음을 옮기는데 누군가가 그의 팔목을 우악스럽게 잡았다.

아니, 뭐 하는 거유? 우악스런 손의 주인은 옛날식당주인 복자씨였다. 오페라모텔 건너편 옛날식당 주방 창으로 복자씨가 정신없이 바쁜 와중에도 이 모든 광경을 목격했던 터였다. 골목에도 감정이 있다고 복자씨는 생각해왔다. 새벽시장에서 배추 세 통을 사들고 올 때부터 골목이 팽팽히 당겨지는 느낌이었다. 어떤 변화들을 겪을 때 골목이 보여주는 감정이었다. 그런 날이면 복자씨는 하느님, 부처님 두서없이 여러 신들을 불러 찾았다. 아니나 다를까, 아침부터 윗골목으로 경찰차가 오고 싸움이 나더니 한 주에 한 끼는 꼬박꼬박 찍어주던 젊은 연인들에겐 파탄이 오고…. 사람 착한 줄로만 알았던 커다란발의 이상한 행태도 미심쩍기가 이를 데 없었다. 백반집 삼십 년에 눈 감고도 만들 음식들도 간이 다 틀어지고 말았다. 아직 열 시 반이니 간이야 손을 보면 될 것이다. 커다란 전기밥솥 두 개에 안쳐놓은 쌀도 취사버튼만 누르면 되니 그래, 우선 이 궁금증을 풀어야겠다고 복자씨가 부리나케 뛰어나와 커다란발을 따라잡은 거였다. 흠칫하며 등을 돌려 복자씨와 마주한 커다란발에게 복자씨가 기관총처럼 잔소리를 쏘아붙인다.

그건 뭐래요? 고양이? 오페라 색시가 놓고 간 게 고양이구먼. 여관방에서 고양이도 키웠나 보네. 커다란발이 고개를 끄덕댄다. 아니, 그걸 왜 가져가우? 가져가 키우게? 역시 커다란발이 고갯짓을 한다. 아니, 여인숙이 좋아하지 않을 텐데? 당장 내다 버리라고 할거유. 그건 그렇고 말유. 요샌 식당에 왜 안 들르는 거유? 식당에서 먹기가 저거하면 밥이며 찬을 싸줄테니 가져가 먹으면 될 텐데? 그것도 여인숙 눈치를 봐야 되는 거유? 아, 사람이 어째 그래유?

시간은 절대로 듬성듬성 쉬어가지 않으니 복자씨 맘이 쫓긴다. 배춧국이 끓어 넘칠 즈음 복자씨가 커다란발을 이끌고 기어코 식당앞까지 왔다. 가스 불을 줄이고 나와 밑반찬 통들을 들어내 진열해놓을 때까지 커다란발은 그저 가겟문앞에 고양이가방을 들고 서 있는 거였다. 고양이는 거기 내려놓구 이리 좀 들어 오슈. 기어코 커다란발을 식당 안으로 끌어다 앉힐 기세다. 내 긴히 할 얘기가 있으니께. 그제야 커다란발이 나달나달한 운동화를 벗는데 갑자기 복자씨 부아가 치민다. 아니, 시장통을 그렇게 싸돌아댕기면서 만 원이면 사 신는 운동화 좀 바꿔주면 안되나? 면박을 주다가, 커다란 접시에 골고루 찬을 담아 상에 놓고는 막걸리 한 되를 양은 주전자에 담아내어 와 맞은편에 앉는다. 막걸리는 자시잖유. 드슈. 복자씨가 제 앞의 대접에도 막걸리를 따루어 벌컥대며 들이켠다. 커다란발이 막걸리 한 대접을 고이 비우고 들을 채비를 한다. 막걸리가 나왔으니 좋이 반시간은 넘길 얘기가 시작될 터.

언제 답을 줄 거유. 생각은 해봤수? 보증금을 빼야 하는 것도 아니고 계약기간이 정해진 것도 아니고 말유. 큰발씨, 맘만 먹으면 숙소를 옮기는 게 무슨 큰일이라고 그렇게 뜸을 들이우? 같은 값에 한 끼 밥도 주겠다는데, 뭐가 그렇게 탐탁잖은 거유? 세 끼를 다 주면 옮길 거유? 커다란발이 도리질을 한다. 안 옮기겠다는 거유? 없던 일로 할까? 복자씨는 커다란발이 미세하게 도리질을 쳤다고 믿고 싶다. 애초에 그러니까 2년 반 전에 커다란발이 이 골목으로 스며들었을 때만 해도 옛날식당 복자씨와 남문여인숙 장미씨는 사이가 좋았다. 둘도 없는 동무였다. 허름하지만 제 집 갖고 장사를 하는 과부라는 공통점이 있었고 무엇보다 그들이 한 자리에서 서른 해 가까이 자리를 잡고 사는 마당이어서 정은 더 깊었다. 업종이란 것도 재우고 먹이는 것 중에 어느 쪽에 조금 더 기울어졌을 뿐이어서, 대소사를 서로 거들곤 했다. 남문여인숙 장미씨 손에 이끌려 이곳으로 스며든 건장한 노숙거지에게도 공히 같은 연민이 싹텄다. 그리하여 복자씨와 장미씨 사이에 모종의 합의가 있었다. 1년씩 번갈아가며 저 사내를 거두자는 거였는데, 그게 무슨 음탕한 마음에서가 아니었다. 그야말로 보살행. 부처님 맘 같은 좋은 맘에서였다. 물론 아주 큰 보살행은 아니었다. 커다란발이 다달이 지불하는 적당한 값이 있어서 여인숙이나 식당으로선 손해 볼 일은 아니었는데 여인숙이 저 남정네를 내처 두 해를 넘겨 끼고 들어앉은 것이다. 그러다보니 둘 사이 자매의 정은 벌써 사라졌고 이젠 소닭 보듯 지내고 있는데 두말할 것도 없이 커다란발이란 이 존재가 그 불화의 근원이었다. 연초에 머리끄댕이까진 잡지 않았지만 큰 다툼을 치룬 끝에 본인의 의사에 따르기로 합의를 봤으나 커다란발의 의사가 무엇인지 그 해석의 방법이 또한 문제가 되고 있는 것이다. 이리로 옮깁시다, 하면 그것에도 끄덕끄덕. 여기 계속 있을 거지요? 하면 그것에도 머리를 끄덕대는 이 큰 발을 지닌 사내의 진정이 무엇인지를 두고 온 골목의 관심이 집중되어 있었다.

큰발씨, 하며 복자씨가 불러놓고는 뜸일 들인다. 막걸리 한 대접을 더 비우고 나서 큰발씨, 하고 다시 말머리를 꺼낸다. 혹시, 여인숙하고 떼려야 뗄 수 없는 사이가 된 거유? 커다란발의 눈이 휘둥그래지자 복자씨 입가에 미소가 슬며시 감돈다. 그럼 그렇지. 그럴 일은 아닌 게야. 속생각을 하다가는 다시 큰발씨, 내가 이런 억측까지 하게 만들지 말란 말이유. 아니, 좋은 인연 맺어, 여보당신, 하며 사는 거라면 그걸 누가 말리겠소. 그렇지만, 그런 것도 아니라면 애초에 약조한 대로 한 해는 여인숙에서 한 해는 식당에서 지내는 게 도리에 맞다 싶은데 큰발씨는 그리 생각하지 않소? 그렇게 가만히 듣고만 있으니 내가 영 떼거지만 쓰는 꼴이잖소. 연초에 이리로 이사를 해오겠냐 물었을 때 그러마 끄덕대지 않았다면 저 뒷방 물건들을 내다버리고 저렇게 이쁜 도배지로 방을 꾸미지도 않았을 거유. 침대를 돈 쳐들여가며 놓지도 않았을 거구유. 여인숙 딱딱한 심야전기판넬에 얼마나 등이 배겼을까 안쓰러워 침대까지 구비해 놓은 마당인데, 동네 온 천지 이 골목 저 골목 걷는 게 취미인 양반이 어째 그렇게 이 쪽을 피해다니시우? 말을 하다보니 다시 부아가 치미는지 복자씨 양미간에 주름이 잡힌다. 커다란발이 주전자를 끌어가 흔든다. 그가 복자씨 빈 사발에 막걸리를 가득 채운다. 그게 뭐라고 복자씨 미간에 잡힌 주름이 슬며시 펴진다. 이번엔 복자씨가 커다란발의 사발을 채운다. 그러니, 제발, 이 달 안에 결정을 주시우. 이 달은 짧은 달인 건 알지유? 지금서부텀 딱 보름이 남았수.

내 보름동안은 더 이상 아무 말도 않겠수. 식당 벽에 걸린 낡은 괘종시계가 열한 시를 알리는 첫 점을 친다. 저 고양이는 여기에 두시우. 여인숙이 알면 사달이 날 거유. 맘 같아선 그래, 마침 잘됐다, 사달이 나는 걸 보고도 싶지만 그건 공평치 않은 것 같으니 하는 말이유. 여인숙은 고양이 털 알레르기가 있수. 마침 여긴 새뜻하게 잘 꾸며놓은 빈 방이 있으니 걱정 말고 여기에 두고 가시요.

열한 시를 막 넘겼는데 벌써 손 하나가 식당으로 들어선다. 일찍 오셨네, 하며 복자씨가 자리를 털고 일어섰다. 딸깍 소리를 내며 밥이 보온으로 넘어간다. 주방으로 들어간 복자씨가 배춧국에 물 한 바가지를 더 붓고 불을 높인다. 조금만 기다렸다가 밥이라도 먹고 가면 좋으련만 커다란발은 주섬주섬 일어나 빈 주전자와 대접 두 개를 개수대에 놓고 손도 안 댄 반찬은 주방 쪽으로 밀어둔다. 맘대로 하려무나. 뜨듯한 밥 한 끼 대접하려던 복자씨 복장이 터지지만 복자씨가 이내 식당 주인의 낯으로 돌아와 가짜 웃음을 지으며 단골손님에게, 밥이 인제 뜸이 들 모양인데, 막걸리 먼저 드릴까? 한다.

뒷걸음을 친 건 아니지만 거의 그렇게 여겨지는 조심스러운 걸음으로 홀을 나와 괜히 지청구를 들은 꼬질꼬질한 운동화를 꿰어 신은 커다란발이 신발장 아래에 두었던 고양이가방을 들고 식당문을 나선다. 식당 앞에 놓인 화분들을 지나 좁은 골목으로 꺾어 들어가 쪽문을 연다. 작지만 마당이 있는 아늑한 집이다. 좁지만 툇마루가 있어 운치도 좋다. 툇마루에 고양이 이동장을 두고 가자니 맘이 편치 않지만 뒷방문을 열기가 거북스럽다. 하지만 춥다. 추운 날씨다. 고양이도 추울 것이다. 창호문을 당기자 문이 열린다. 어린애기들 방처럼 알록달록한 방안에 고양이 이동장을 밀어두고 바람이 들어가지 않도록 창호문 아귀를 맞추어놓고도 잠시 서성대던 커다란 발이 마침내 마당을 빠져나간다.

3.

　송씨는 공원장에 스며들다가 보기 좋게 쫓겨났다. 아, 나갈 땐 언제구 여긴 뭔일이우? 뚱보 주인이 투숙객들 사이에 섞인 그를 귀신 같이 찝어냈다. 나래비를 서서 밥을 타는 건 괜찮았다. 그러나 추운 한데에서 밥을 먹는 건 정말이지 쪽팔리는 일이었다. 그래서 겨울엔 공원에 딱 붙어있는 공원장이 정말로 유용했다. 겨울이면 공원장을 나온 걸 후회하는 것도 바로 그 이유였다. 그는 보란 듯이 공원장 현관 앞에서 우걱우걱 점심을 욱여넣고는 식판을 가장 먼저 밥차에 반납한 뒤

수령 6백년 된 보호수를 몇 바퀴나 돌아도 분이 삭지 않았다. 남문여인숙 3호에라도 처박힐 생각이었는데 여인숙 주인 장미씨가 씩씩대며 골목을 돌아다니는 통에 화물용달을 하는 구영감 사무실에 꼼짝없이 숨었다가 다시 또 공원으로 나왔다. 귀신같은 놈! 투숙하는 놈팽이들에 살짝 섞였는데 그걸 귀신같이 알아본 뚱보가 생각나 분을 삭이려고 발발대고 돌아다닌 보람도 없이 다시 화가 치민다.

어머, 시내 복판에 이런 공원이 있네. 이 나무들 좀 봐. 수령이 몇 백 년은 되어 보인다, 그치? 어머나, 이 기와건물은 또 뭐지? 병영 출입문? 군대가 있었다는 건가? 여행객인 듯 두 젊은 여성이 금연 표시와 나란히 세워진 푯말 앞에서 주고받는 소리가 벤치에 앉아 있는 송씨의 귀에 고스란히 들어온다. 뭐긴 뭐여, 헛거제. 암 것도 아닌 고물이지 뭐, 하며 송씨가 이쑤시개를 분질러 바닥으로 버렸다가 다시 주워들고는 주머니에 넣으며 공원을 한 바퀴 두루 살핀다. 볕이 잘 드는 병영문 뒤편에 자리를 잡고 윷을 노는 패거리 하나가 고작이다. 커피를 파는 숙자씨도 없고 빵과 만두를 팔고 다니던 숙자씨 언니도 보이지 않는다. 산천은 유구헌디 인걸은 간 데가 없네. 낯이 익은 윷놀이 패거리 하나가 없었다면 젊은이들과 유모차들이 곳곳을 점령한 채 어슬렁대고 있는 이곳이 이 도시에 사는 노인들의 아지트라는 걸 누가 알리.

공원이 위험했다. 겨울이라고 무료급식이 중단되는 건 아니어서 점심 무렵엔 늘 노인들이 바글댔다. 봄여름가을은 새벽부터 해가 떨어질 때까지 그랬고 겨울에도 볕 좋은 낮엔 대여섯 개가 넘는 윷판이 돌아가곤 했다. 그런데 주인들이었던 노인네들이 밀려나고 공원이 젊은이들 차지가 된 게 달포나 되었다. 겨울엔 원체 나오는 노인들 수가 줄기는 했지만 그래도 이 공원은 노인네들 차지였다. 시내 복판에 있었지만 젊은이들은 이쪽으로 발길도 돌리지 않았다. 그랬던 곳인데 젊은이들이 휴대폰을 들고 어슬렁대기 시작하더니 이젠 유모차를 끌고 나온 젊은 엄마들도 심심찮게 보였다. 낯선 풍경이었고 위기감이 느껴졌다. 게다가 공원이 삶터인 주여사가 며칠째 보이지 않는 것도 그의 불안을 증폭시켰다.

좋다. 내 그냥 주여사 소식을 좀 묻겠다, 하며 송씨가 재차 공원장으로 향한다. 며칠 어딜 다녀온다고 했슈. 오늘이나 내일은 올 거유. 이번에도 뚱뚱보 주인이 현관문을 막아서며 심기가 불편한 티를 꽉꽉 낸다. 드러워 죽겠네. 다시 벤치로 와 앉은 송씨가 칵 가래침을 뱉는다. 공원장에 살다가 나간 사람을 주인은 아주 불쾌하게 생각했다. 송씨 역시 그런 뚱보 주인이 못마땅하기는 마찬가지였다. 공원장은 그 이름에서도 보이듯 공원을 일터 삼아, 놀이터 삼아 살아가는 사람들의 숙소였다. 각 층마다 두 개의 복도가 있는 덩치가 꽤 큰 3층 짜리 여관 3층 방 하나가 그의 방이었다. 서른여섯 개의 방이 있었고 빈방은 없었다. 적어도 서른여섯 명이 주인남자의 악다구니를 들어야 했다. 환갑이 되지 않은 축들이 서넛 있었지만 평균 나이가 칠십 쯤 되었고 36명 중에 여자는 딱 두 명이었는데 두 할마시는 달방값을 내지 않는 특혜를 입고 있었다. 할마시 두 명 중에 하나였던 주여사는 말하자면 공원장의 공급책이었다. 송씨 역시 주여사로 인해 공원장에 발을 들여놓은 거였다. 또 다른 할마시인 정여사는 공원장의 청소부로서 공원장을 유지시키는 존재였다. 두 할마시는 외모부터 성격까지 참으로 확연히 대비가 되었다.

공원에 모이는 노인들은 크게 두 부류였다. 가족(마나님이든 며느리든)이 챙겨준 도시락과 차를 지니고 나와 또래들이 게걸스럽게 노는 걸 지켜보는 걸 즐기는 이들과 노숙자와 진배없이 떠돌며 하루살이처럼 먹고 마시고 희롱하고 윷을 던지다가 싸움질을 하는 이들인데 이들은 구별 없이 섞이는 듯 보여도 공원의 주인은 바로 후자들이었다. 하나의 세계가 우뚝 그곳에 세워져 있었다. 4년 전 노령연금으로 20만원이 나오던 해부터 송씨는 공원인생을 시작했다. 나는 자연인이다, 외치며 깊은 산골로 들어가 방송에까지 나오며 세상과 동떨어져 만년을 사는 사람들은 그들 나름의 성공을 맛보겠지만 공원으로 몰리는 노년들은 계획이나 그 계획의 성공 따위가 목표가 아니었다. 그저 밥차가 오면 밥 한끼를 먹고 윷을 놀아 딴 사람이 사는 술 한 잔을 얻어먹고 공원의 여왕인 주여사에게 눈도장을 받는 그 하루하루가 그럭저럭 큰 탈 없이 지나가길 바라는 사람들이었다. 그 무기력 가운데에 화려한 독버섯이 자라난다. 독이 제 몸에 닿아도 그들은 히죽거릴 뿐이다. 의욕이 있어야 위험이 감지되는 법이다. 공원살이를 처음 시작하는 사람들은 의욕이란 게 없다. 다만 육 개월쯤 지나면 공원의 가장 뜨거운 놀이인 윷놀이에 의욕을 갖지 않는 사람 역시 없었다. 윷놀이를 구경하다가 몸소 판에 끼게 되면 그는 이제 공원에서 빠져나오기가 쉽지 않다. 주여사의 타겟은 의욕이 막 생겨난 사람들을 향해 있었다.

주여사는 한눈에도 눈에 띄었다. 얼굴이 고운 편은 아니었지만 자세가 꼿꼿하고 도도했다. 시쳇말로 몸매가 무너지지 않아 늙은이들의 입가에 웃음이 흘러내리곤 했다. 하긴 공원에 백 명쯤 노인네들이 있다치면 할머니들은 열 명 안팎이었다. 그 중 커피나 빵, 제철 과일을 수레에 싣고 나와 파는 이가 서넛이었고 정신을 아예 놓은 이 두엇을 뺀 서넛이 늙은

꽃뱀이었다. 그 서넛의 할마시 중에도 주여사는 단연코 도드라졌다. 능란했고 거침없었다. 게다가 늙음의 냄새를 가리는 요상한 향기를 덮어쓰고 있었다. 감각이 섬세한 젊은이들이라면 코를 막았겠지만 노인들의 나른한 꿈을 불러일으키는 싸구려 향수냄새는 주여사가 장착한 막강한 무기였다. 여사는 늙은 남정네들을 거침없이 베어 쓰러뜨린 뒤 잘 묶어서 공원장으로 넘겼다. 공원장 노인네의 8할이 주여사와 관계를 했다는 보고서가 뚱보주인의 책상서랍에 들어 있다는 것을 송씨는 알고 있었다.

겉으로 보기엔 여왕벌 같았지만 주여사의 삶도 일벌과 별반 다를 게 없었다. 방값을 내지 않는 정도의 혜택 외엔 그이 역시 먹을 것과 치장할 것을 스스로 구해야 했다. 어쩐 일인지 주여사는 노령연금을 한 푼도 받지 못하고 있어서 청소를 하며 방 하나를 공짜로 쓰는 정여사에게서 종종 돈을 꾸어 쓸 만큼 늘 궁핍했다. (정여사는 노령연금을 모으고 있었다. 알뜰한 사람이었다) 여사들의 방은 1층 카운터 옆에 있었다. 1층엔 늘 뚱보주인이(나이는 오십 언저리로 보였다) 매서운 눈으로 CCTV를 들여다보고 있었다. 총 열 대의 CCTV가 있어 각 층의 복도와 층과 층을 잇는 계단과 출입구를 비추고 있었다. 주인은 복도에 등장한 사람이 다른 복도나 계단 혹은 출입구에 등장하지 않으면 호루라기를 불어댔다. 그 호루라기 소리는 투숙객들에게 짜증스러움 이상이었다. 전쟁 중에 맞닥뜨린 싸이렌 소리가 그와 같을 것이라고 해방둥이인 송씨는 황겁질겁하기 일쑤였다. 그런데도 공원장엔 빈방이 남아있지 않았다. 에라이 쌍— 쌍욕을 하며 호기롭게 짐을 쌌던 치들은 한 달이 못되어 입실을 위한 대기표를 받고자 공원장 주변을 기웃거렸다. 한 번 나가면 한 번은 더 받아주지만 두 번은 받아주지 않는 게 뚱보주인의 원칙이었다. 송씨가 바로 두 번이나 숙소를 나간 몇 안 되는 사람 중 하나였다. 뚱보주인이 어떤 룰을 정해놓던지 간에 방보다 들어올 사람이 언제나 몇 배 많았기에 룰들은 정교해지고 엄격해졌다. 장기투숙자들은 뚱보주인의 그러한 규칙들이 자신들의 무질서를 바로잡는다고 칭송했다. 아닌 게 아니라 그들은 육체적으로 다른 공원생활자들에 비해 튼튼해지고 있었다. 뚱보주인은 인근에 있는 여러 부대시절에 대한 정보를 투숙자들에 흔쾌히 일러주었는데 천변 체육공원과 주민센터 스포츠교실 및 체육관 실내수영장 이용을 열심히 독려했다. 물론 모두 공짜 프로그램이었다.

아이쿠, 괜찮수? 뒷걸음을 치던 유모차와 부딪친 송씨가 가만히 앉았던 죄로 먼저 사과를 했건만 손전화에 빠져, 앗

싸, 잡았다, 하며 들은 체 만 체 저희들만 아는 길이 있는 듯 바삐 움직여 간다. 노인들이 공원을 점령하고 있을 때엔 피해 가던 유모차 애기엄마들과 젊은이들이 도대체 여기에서 뭔 짓들을 하고 있는지 알 수 없지만 어슬렁거리는 게 할 일 없는 늙은이들과 별반 다를 게 없다. 그 자리를 그대로 지키고 있는 건 오래된 나무와 공원장 같은 발 없는 것들밖엔 없는 것 같다.

이봐요, 정여사 ㅡ. 정여사 ㅡ, 여기 좀 봐요. 아무리 동동거리고 손을 흔들어도 3층 옥상에 희끗희끗 보였다 사라지는 백발의 노파는 반응을 하지 않는다. 귀가 어둡단 소리를 듣긴 들었지만 소리를 지르고 손전화를 걸어도 소용이 없다. 정여사가 옥상에 나타난 걸 보니 겨울은 다 지난 모양이네, 하며 송씨가 벤치에 철퍼덕 주저앉는다. 부지런한 정여사가 옥상에 상추며 고추를 심은 걸 공원장 뚱보주인은 몰랐다. 부지런한 노인네들은 손을 쉬지 않는다. 주여사 고향 언니란 정씨가 공원장에 오던 날을 송씨는 또렷이 기억한다. 그야말로 보따리 하나 달랑 들고 대처에 나가 자리 잡은 고향 사람 찾아 온 행색 그대로였다. 정씨가 공원장 곁방살이를 하게 된 내력이야 알 길이 없었지만 정씨가 스티로폼 네 개에 재미삼아 기르던 채소를 모르는 이는 공원장 뚱보주인 뿐이었다.

이 스티로폼 네 개가 키워낸 채소가 공원장여관의 생활에 일대 전환을 가져왔다. 무슨 일로 옥상을 올라가본 뚱뚱보 주인이 옥상 전체를 텃밭으로 만들어 버린 것이다. 세심천에서 흙을 퍼 나르는 행렬이 장관까지는 아니었더라도 사람들이 쑥덕방아를 찧을 만큼은 되었다. 한 포대의 흙을 나른 사람에겐 옥상텃밭 이용권이 주어졌다. 두 포대를 나른 사람에겐 파라솔과 그릴을 사용할 수 있는 권리가 주어졌다. 몇 명의 투숙객이 몇 포대를 날랐을까? 전원이 스무 포대 이상을 날랐던 것으로 뚱보에 의해 조사되었다. 그렇게들 너나없이 충성이었다. 무엇에 대한 충성인가? 송씨 역시 그 일사불란한 작업에 참여했으나 흙 포대를 나르는 늙은이들이 늙은 군인들 같다고 혀를 끌끌 찼다. 갈수록 늪이었다. 차라리, 하며 그가 흙먼지를 털며 김씨 이씨 박씨들을 바라보았다. 마침 달방 값은 호주머니 안에 있었다. 그는 그날로 덩치가 큰 3층짜리 막사를 나왔다. 공원 주변엔 허름한 여관들이 많았다. 그는 가능하면 공원을 떠나야겠다고 생각했지만 겨우 세 블록 떨어져 나와 여인숙에 방을 잡았다. 공원이 지척이든 좀 멀든 달방 값은 똑 같았다. 다른 게 있다면 침대가 없는 대신에 가스버너와 냄비가 허용되는 방이었다는 정도였다.

그려, 아무래도 남문여인숙 주인씨와 다시 차분히 얘기를 해봐야겠어, 하며 그는 눅눅해진 벤치에서 일어났다. 공원엔 네 개의 출입구가 있지만 그는 늘 대한노인회 정문 쪽 출입구를 이용했다. 거기가 바로 공원의 정문이었던 까닭이다. 그가 청송닭집과 청송삼계탕 간판이 나란히 걸린 맞은편으로 건너가며 벌써 허기가 지네, 중얼거린다. 수십 년 동안 한 자리를 지켜온 닭집은 이 불황에도 끄떡없었다. 닭튀김과 삼계탕 모두 이 도시 외식객의 사랑을 한 몸에 받고 있었다. 운동장만큼 넓은 홀엔 언제나 손님들이 바글거렸다. 그도 냄새에 끌려 두어 번 가봤지만 음식이 코로 들어가는지 입으로 들어가는지 도통 알 수가 없었다. 그런데도 늘 사람들이 붐볐다. 붐비는 닭집을 지나 보석가게를 지나 사진관을 지나 오토바이 가게를 지나 갑자기 우중충해지는 실내포장마차를 지나 저울가게를 끼고 왼편으로 길을 잡은 그가 초조해서는 시계를 본다. 오후 한 시 사십 분. 언제나 하루는 참으로 길다. 긴 하루를 넘기는데 소주만 한 것이 없었지만 벌써 두 병이나 마신 참이다. 그렇더라도 문이 열린 구멍가게를 그냥 지나칠 순 없다.

날도 추운데 왜 문을 열어 두셨수? 하두 손님이 읇어서 문 열었다는 표를 해 둔 거유, 공씨할매가 가겟방 문을 열며 답한다. 냉장이 되지 않는 냉장고에서 소주 한 병을 꺼내 계산하는데, 술값이 어제와 또 다르다. 그래봤자 100원 안팎의 차이니 오늘은 그냥 넘어가자, 싶다. 가겟방 벽에 걸린 사진들 중에 가장 크고 도드라진 건 역시 학사모를 쓴 딸내미 사진이다. 손녀딸이 퍽 컸지요, 하니 이번에 고등학교에 들어간단다. 근디 교복 값도 퍽 비싸다는구먼유. 내가 좀 도와줘야 틴디 큰 걱정이유, 한다. 이 동네에 산다고 해서 서로가 내력을 속속들이 아는 것도 아니다. 그런데도 낯이 익다 싶으면 노인네들은 서로의 사정을 빤히 다 아는 사람처럼 대하곤 한다. 그래도 송씨는 이 동네가 좋다. 행색이 추레하거나 멀끔하거나, 있거나 없거나 간에 사람에게 자꾸만 말을 붙이는 집단적인 습성에 있는 동네였다. 어쩌면 인구밀도가 아주 낮은 곳이라서 그게 누구든 사람이 귀한 곳이어서 그럴지도 모르겠다는 생각을 하며 송씨가, 추우니 문은 닫고 가유, 하며 가겟방을 나섰다. 새로 커다랗게 지은 영진유통이 무엇을 유통시키는지는 알 수 없지만 그는 영진유통을 지나 페인트 가게를 끼고 오른편으로 돈다. 페인트집 1층에 써 붙인 임대쪽지에 눈길이 멎는다. 투룸, 거실, 욕실, 주방, 기름보일러, 300에 35. 문구는 그러했지만 그에겐 글자나 숫자가 다 어렴풋하다. 알다시피 그는 까막눈인 것이다. 하지만 그는 그게 2층 방 광고란 걸 눈치챈다. 셋방 값도 근접하게 접근한 것 같다. 아이고, 값이 비싸구먼, 하는 걸 보면. 곁에 누군가 있었으면 두어 마디 말로 광고의 정확한 사정을 알게 되었겠지만 골목은 텅텅 비어 있다.

그는 칵— 가래침을 뱉는다. 은빛살을 지닌 여인숙 한쪽짜리 대문을 열고 들어가 주인집 문 앞에서 노크를 하려다가 그만두고는 녹이 슨 철제 계단을 고양이처럼 소리를 죽이고 올라가 어두컴컴한 복도 왼편 첫 방으로 들어간다. 뒤이어 그 옆방 4호의 문이 조심스럽게 열리더니 커다란발이 짐가방 두 개를 들고 나온다. 하오 두 시. 커다란발이 마침내 옛날식당으로 이삿짐이랄 것도 없는 가방 두 개를 옮길 참이다.

*

시내를 남북으로 관통한 이 자연천은 이 도시의 훌륭한 쉼터였다. 천변엔 십리에 걸쳐 사시사철 억새가 장관을 이룬다. 사람 키를 훌쩍 넘게 자란 억새가 하염없이 뻗어져 있는 이 억새밭에는 조붓한 사잇길이 나 있어 길을 잃은 발걸음을 위로하곤 한다. 겨울을 나면서도 물억새는 그 위용을 잃지 않았다. 바람과 볕에 알맞게 바랜 억새들 사이로 걸음을 옮겨 딛는 산보객 중에 남문여인숙 4호에서 옛날식당 뒷방으로 가방 두 개를 옮겨놓고 나온 육척 장신 그가 있다. 새로 옮긴 그 방은 너무나 어색하여 차마 들어갈 용기가 나지 않았다. 하여 그는 잠깐의 오수도 즐기지 못한 채 따라서 약간 지친 채로 천변으로 나왔다. 그의 오후 산책은 언제나 천변이었다. 천변 산책은 언제나 더 걷게 되었기에 왕복 3시간이 그가 천변에 할애한 최대치였다. 오늘은 고양이와 저를 한꺼번에 이사시키느라 꼭 한 시간 자는 낮잠도 거르고 나섰지만 평소보다 사오십 분이 늦어진 셈이었다.

세심천은 남에서 북으로 흐르는 천이었다. 그는 천의 상류인 남쪽으로 방향을 잡았다. 인도교에서 시작해 두 시간을 걸어가면 작년에 통합시로 편입된 군(郡)들로 이어지는 다리들을 만나게 된다. 예전 군이었을 때 논밭이던 곳엔 아직 날이 매서운데도 아파트 단지가 들어서는지 커다란 차들이 흙을 퍼 나르고 메꾸며 지대를 다지고 있는 풍경도 심심찮게 볼 수 있었다. 그 풍경을 지나 천의 발원지까지 얼마든지 갈 수 있지만 그는 발원지와 면한 인근 군, 자신의 고향으로 들어가게 될까봐 중간에 걸음을 되돌리곤 했다. 그러나 지금은 산책길의 초입. 억새밭 이쪽 개울가로 나온 그의 눈이 반짝거리는 은물결을 타다가 그 물결 너머 둑에 오래 서있던 벚나무들과 그 나무들 뒤로 보이는 3층짜리 송어횟집 간판을 단

건물에 이르러 있다. 그가 슬며시 고개를 떨어뜨리더니 마침내 걸음을 옮기기 시작한다. 개울 쪽이 아닌 둑 쪽 산책로는 잘 포장되어 있어 걷기에 편하지만 그 산책로엔 사시사철 낮이나 밤이나 모자와 마스크를 쓴 운동복 차림의 아낙들이 많기도 참 많았다. 그는 오늘만큼은 아낙들은 그만 만나고 싶다. 아낙들은 늘 무섭기도 하거니와 오늘은 억새의 마른 잎 냄새를 듬뿍 마시고 싶다. 그는 평소보다 느리게 걸음을 옮긴다. 이대로라면 두 시간동안 갈 수 있는 최대치는 공군조종사들의 비행훈련장이 있는 고은 삼거리 정도일 것인데, 그런 게 그에게는 아무런 상관이 없다.

이 천의 발원지인 면을 지나 나오는 군, 그 군에서도 가장 남쪽에 그의 고향이 있다. 그곳엔 부모가 묻혀 있다. 하지만 이 도시로 내려온 지 두 해를 훌쩍 넘기고 있지만 그는 부모님 산소에 가지 않았다. 차를 타고 가면 되겠지만 편안히 좌석에 앉아가는 고향 행은 생각해 본 일도 없다. 부모를 찾아뵙고 절을 한 뒤에 목 놓아 울고 싶지만 그러자면 우선 걸어가는 게 먼저였다. 하지만 그렇게 걷다보면 다시 옛 병이 도질까 두려웠다. 그는 너무도 오랫동안 걸어왔기에 말을 잃었다고 생각한다. 이 도시에서만이 아니었다. 그는 늘 걸었다. 험로였다. 아직은 회오리치는 길을 다시 걸을 엄두가 나지 않는다. 청둥오리 대여섯 마리가 종종대며 헤엄치는 풍경에도 맘이 이내 뭉클해진다. 억새가 숨겨주지 않는다면 저런 다정한 풍경을 마주할 자신도 아직은 없었다.

산책로에 매달아놓은 라디오에서 시보가 울렸다. 뚜, 뚜, 뚜, 띠ㅡ. 세 시의 산책길입니다. 지금 막 다다른 꽃다리에서 그는 북쪽으로 몸을 돌려 인도교 저쪽에 있는 천변동네를 일별한다. 누가 지었는지 모를 커다란발이란 별호를 지닌 이 사내는 저 너머 천변가에 자리 잡은 오막한 동네가 좋았다. 그 동네 사람들은 자신이 그렇듯 작지 않은 아픔을 지니고 있었지만 지나치게 억울해 하지 않았다. 가족이 있든 없든 의연했다. 커다란 절망 앞에서도 술 한 사발로 툭툭 털어낼 줄 알았다. 적어도 그가 보기엔 그랬다. 조금씩 속도는 달랐지만 자신이 지닌 절망을 딛고 일어나고 있었다. 슬픔을 완전히 극복하여 제법 단단한 뿌리를 내리고 있는 사람들에게조차 쓸쓸함은 완전히 가시지 않아 동네는 특유의 매캐한 냄새를 지니고 있었다. 복자씨, 장미씨 두 여인네도 그런 사람들이었다. 억척스럽지만 마르지 않는 눈물샘 하나씩을 지니고 있는 큰 누이의 냄새를 지닌 사람들. 눈물만큼 수다도 많은 사람들. 동네 사람들은 누구를 만나든 걸음을 멈추고 제 이야기를 꺼내놓곤 하였다. 특히 그에겐 더욱 그랬다. 처음엔 어쩔 줄 몰라 그저 듣기만 했다. 그러던 것이 이제는 하소연을 듣기 위해 걷는다는 착각이 들만큼 이야기들에 익숙해졌다. 물론 그러다보니 동네 사정을 훤히 알게 되었다. 지금 가파른 길을 무작정 내려오는 저 할머니도 그가 잘 아는 사람이었다. 그는 남쪽으로 가던 길을 멈추고 억새밭을 빠져나와 할머니 뒤를 따르기 시작한다. 이번에는 포장이 잘 된 널찍한 산책길이어서 겨울인데도 사람들이 많다. 자전거도로가 같이 있어서 할머니에게는 위험한 길이다. 게다가 할머니는 지금 자신이 어디에 있는지도 모르는 게 분명했다. 커다란발은 이 할머니가 치매끼가 있다는 사실을 알고 있었다. 그가 호위를 하고 있는 이 할머니가 바로 그가 사는 동네의 알부자라고 소문난 한분순 여사였다.

보폭이 좁은 걸음이지만 한분순 여사의 걸음은 결코 느리지는 않았다. 앞에서 자전거가 올 때엔 그가 할머니 앞으로 나섰지만 대체로 할머니의 걸음은 안정적이었다. 그는 두어 걸음 뒤에서 할머니를 호위했으나 인도교 근처에 이르러서는 어쩔 수 없이 할머니와 더 밀착됐다. 할머니가 계단을 올라가 큰 다리로 접어드는 게 아니라 개울 쪽 억새 사잇길로 걸음을 잡았기 때문이었다. 그 길은 난간도 없는 좁은 다리와 이어지는 길이었다. 좁은 폭의 얕은 다리는 두 사람의 교행이 겨우

가능한 다리여서 자칫 개울에 빠질 위험이 있는 다리였기에 커다란발이 은근히 할머니를 이끌었다. 손을 잡거나 옷을 잡은 건 아니었지만 그는 할머니를 감싸듯 걸어야 했다. 다리를 무사히 건너왔어도 주의를 늦출 수는 없다. 바로 천변 하상도로를 건너야 하기 때문이었다. 횡단보도도 신호등도 없는 자동차전용도로였기에 정신 멀쩡한 청년들도 건너기가 쉽지 않은 도로를 할머니가 마구잡이로 들어섰다. 자동차의 긴 경적에 놀란 할머니는 커다란발이 이끄는 대로 몸을 맡겼다. 무사히 도로를 건너와 인도교 아래를 지나며 커다란발은 숨을 길게 내쉬었다. 다행히 할머니는 둑으로 오르는 돌계단에 잘 들어섰다. 계단 폭이 높아서 벅찬 모양 둑에 올라섰을 때엔 벚나무 아래 놓인 벤치에 잠시 앉아 숨을 돌렸다. 그도 할머니 곁에 앉았다. 바람이 불어왔다. 바람에 묻어오는 냄새가 있었다. 그 냄새를 맡는 때엔 곁에 앉은 누군가에게 저도 제 이야기를 하고 싶었다.

사실 그는 이 동네가 완전한 타지는 아니었다. 사십 년 저쯤의 이 동네를 그는 안다. 이 동네에 큰 누이가 살았다. 친척이 하는 하숙집 곁방에 살며 하숙집 일을 돕던 누이가 그를 암담한 시골에서 불러냈을 때 그의 나이 열 넷이었다. 땅한 뙈기 없이 남의 밭이나 붙이던 어머니는 중학교를 보내줄

수가 없었다. 누이는 하숙집 일보기로 진작 나갔고 초등학교를 졸업하자 교복을 입은 동무들을 피해 그는 지게를 지고 산에서 산으로 도망을 다녔다. 두 해가 지나 가까스로 방 한 칸을 마련한 누이가 그를 이리로 불러내어 중학교 공부를 시켜주었다. 제법 공부를 잘해서 그는 여기서 먼 지역의 공업고등학교에 장학생으로 입학했다. 누이는 그런 동생을 자랑스러워했다. 그는 열심히 공부했다. 졸업을 하며 직장을 바로 얻었지만 누이와는 가까워지지 못했다. 그렇더라도 그는 열심히 일을 했다. 일만 하다 보니 남들보다 늦게 가정을 꾸리게 되었지만 가족이 생기자 일에 더 재미가 났다. 아내도 아들놈도 그를 믿고 따랐다. 아들놈이 중학교를 입학하였을 때엔 감회가 새로웠다. 바로 진학을 못하고 산으로 산으로만 숨어 다니던 자신의 모습도 웃으며 추억할 수 있었다. 금쪽같은 아들에게 들어가는 밥과 돈은 그를 흐뭇하게 했다. 그는 힘이 더욱 났다. 아들놈이 고등학교에 입학했을 때엔 아들이 읽는 책을 함께 읽었다. 자신이 아들을 키우는 게 아니라 아들과 함께 세상을 공부하는 느낌이 들곤 했다. 함께 동네 기타학원엘 등록하여 선의의 경쟁을 하는 재미도 쏠쏠했다. 틈이 나면 뒷산엘 올랐고 가끔은 마트에서 파트타임으로 계산일을 하는 아내가 동행하기도 했다. 그는 자신이 지나온 청춘을 후회하지 않았다. 그는 세상을 크게 원망한 적도 없었다. 그는 아들의 명랑한 활기가 좋았다. 자신이 자라던 시대와 비교할 수 없는 명랑함을 지닌 그 세대에 이상하게 위로를 받곤 했다. 세상이 고마웠다. 그 세상을 어둡게 하는 것들엔 눈살이 찌푸려졌다. 마음이 몹시 어지러울 때엔 아들과 기타 합주를 하며 마음을 다스렸다. 순하고 부지런한 아내에게 자주 정을 드러내자고 의도적으로 애를 쓰기도 했다. 넉넉하지 않았어도 화목했다.

폭우가 쏟아지던 밤 중앙선을 넘어온 음주뺑소니에 저 혼자 살아남았다. 그는 아내와 아이가 있는 그 세계로 가고 싶었다. 그러나 그러지 못했다. 그는 정처도 없이 다만 걸었다. 그리고 마침내 도착한 곳이 이곳이었다.

많은 게 변했지만 개천과 다리만은 여전했다. 차는 다니지 않고 드문드문 사람만 통행하는 다리에서 마침내 그의 걸음이 멈추었다. 주저앉았다. 매서운 바람이 뼈마디까지 스며들고 있을 때 큰누이의 얼어터진 손이 그를 잡아 일으켰다. 눈은 빛을 잃었고 두 다리도 비틀댔다. 누이의 손이 이끄는 대로 길을 잡아 들어온 곳은 허름한 여인숙이었다. 누이도 장미씨도 그리고 복자씨마저도 매캐한 냄새를 지니고 있었다. 그 냄새를 지닌 여인들에겐 마르지 않는 눈물샘이 하나씩 들어있었다. 지금 그의 곁에 앉아 있는 이 할머니에게서도 눈물의 두레박을 긷고 있는 기척이 났다. 그는 할머니 곁으로 다가 앉았다. 그의 손 위로 할머니의 손이 놓였다. 따뜻했다. 축축이 젖은 할머니의 눈에 생기가 일어나 있었다.

4.

천변에 심어진 벚나무와 그 아래 놓인 벤치 하나가 정면으로 보이는 책방 2층 현관 앞에 앉아있던 지숙이 담배 하나를 빼물었다. 백 년만의 더위였다던 작년 여름, 지숙은 이곳에 아지트 하나를 만들었다. 전 세입자가 공들여 만들었다는 플라스틱슬레이트 벽을 일부 떼어내는 것으로 완벽한 아지트 하나가 만들어진 거였다. 거기에 그녀는 플라스틱 의자 하나와 접이식 간이탁자 하나를 두었는데 여름이면 집에서 가장 시원한 바람을 맞이할 수 있는 곳이었으나 이런 겨울엔 영 쓸모가 없는 곳이었다. 그렇더라도 천변주차장이 있는 서쪽골목 일부가 드러났고 제방 위의 도로와 도로 너머의 개울이 보여 담배 한 대를 피워 물고 눈요기하기에는 더할 수 없이 좋은 곳이었다.

삼겹살을 한 차례 구워낸 뒤 오라비를 피해 나와 담배 하나를 빼물며 보니 아직 꽃도 피지 않은 나무 아래 벤치에 서로의 어깨를 기대고 앉은 두 사람이 보인다. 세세한 얼굴생김까지야 알 길이 없지만 풍채 좋은 중년과 지긋이 나이를 드신 할머니다. 막내 동생과 큰누이가 산책을 나왔나? 아침나절의 세찬 바람은 죽었지만 볕이 좋아도 아직은 겨울이라 보는 이의 마음이 더욱 시리다. 그러나 서로가 서로에게 기대어 앉은 모습이 참으로 정겹다. 무릎담요나 숄만 있다면 오래오래 머물러도 좋겠지만 그런 대비도 없는 것 같아 마음이 자꾸 쓰인다. 언제부터 저러고 있었을까? 꽁초를 유리병에 넣고 뚜껑을 닫은 뒤 지숙은 그들을 향해 양팔을 흔들어 본다. 괜찮은지 소리를 질러 확인해보려다가 그만 둔다. 역시 저곳에선 이곳이 눈에 확 들어오지 않는 모양이었다. 작년 여름 내내 이곳에 앉아서 그녀는 저 벤치에 앉은 사람들을 향해 팔을 흔들었다. 하지만 단 한 사람도 그녀에게 응답을 주지는 않았다. 소리쳐 부르면 충분히 응답이 가능한 거리였지만, 그리고 지금 제가 앉은 높이와 벤치의 높이가 수평을 맞춘 듯 일치했지만, 게다가 서로의 정면이었는데도 저기에 앉아 이곳에 눈을 두는 사람은 없었다. 이곳에선 저기가 풍경의 전부이지만 저곳에선 이곳이 무수한 풍경의 한 점에 해당되는 모양이었다. 올 여름엔 저 벤치에 앉아보리라. 이곳에 누군가를 앉혀

놓고 거기서 양팔을 흔들어 보리라. 그런 결심을 하는데 벤치에 앉은 두 양반이 일어서는 게 보였다. 다행이다 싶었다. 남자는 키가 컸고 노파는 남자의 허리춤을 간신히 넘은 정도였다. 그들은 인도교 쪽으로 방향을 잡았으며 시야에서 이내 사라졌다. 추운데 거기서 뭐하니? 안에서 오라비가 부르는 소리가 났다. 만지작대던 전화기를 주머니에 넣고 지숙이 현관으로 들어선다. 졸업식에 참여하느라 지숙은 동무 선이의 전화를 받지 못했다. 부재중으로 찍힌 표시를 들여다보다가 동무에게 전화를 거는 걸 다음으로 또 미뤘다. 오라비의 이야기를 들어주는 게 먼저다 싶었다.

그때는 너나없이 다 가난할 때였지. 누구나 배를 곯을 때였어. 도회지는 어땠는지 모르겠지만 농촌은 참 가난했어. 일가붙이들이 많아도 다 굶주리던 때라서 의지가 되지 못했지. 참 힘들 때였지. 오라비는 삼겹살을 싸서 제 입으로 가져가지 않고 고기를 굽는 지숙에게 건넨다. 삼겹살이란 음식이 있다는 걸 지숙이 처음 알게 된 건 초등학교 5학년 겨울이었다. 스물여덟의 오라비가 시골로 내려와 하루 묵은 뒤에 여동생을 데리고 서울로 올라온 그 날, 둘째 이모가 살던 영등포 어느 시장골목에서 지숙은 처음으로 오라비가 구워주는 삼겹살을 먹었다. 상추쌈은 보리밥에 된장을 얹어서만 먹는 걸로만 알

왔기에 고기가 올려진 상추쌈엔 밥을 얼마나 떠야 하는지 어린 지숙은 그게 고민이었다. 세월이 아무리 흘러도 그 맛을 잊을 순 없었다. 최초의 기억 속 맛있는 삼겹살을 내기 위해 가정을 꾸린 건지도 몰라. 지숙은 제 집을 찾아오는 사람들에게 제 기억 속 그 맛을 보여주는 걸 몹시 좋아했다.

미용이, 그러니까 저 애 언니가 소띠였는데, 그러니까 61년생이로구나. 그래, 나랑은 아홉 살 차이가 났거든. 내가 일곱 살에 초등학교를 들어갔는데 3학년 때 내가 학교를 거의 못 다녔다고 말했지? 저애 언니가 태어나 내가 그 애를 돌봐야했거든. 그 때만 해도 어머니는 정말 형편무인지경이었거든. 어머니 그때 서른이었지만, 귀한 막내로 태어난 행운은 초년에 이미 다 써버렸고, 전쟁 중에 혼인하면서부터 인생이 비참했지. 아버지란 자 탓만은 아니었어. 이미 외가의 세는 기울다 못해 주저앉았단 말이지. 현서방, 자네도 귀가 아프게 들은 얘길 내가 또 하네만, 선생이던 큰이모부, 고등학생이던 학용이 형, 외삼촌까지 죄 좌익에 가담해 집이 벌써 풍비박산이 났단 말일세. 아직도 쉬쉬하지만 돌아가신 서울 둘째 이모는 여맹위원장까지 했던 분이거든. 우리 외가 쪽이 참 말할 수 없이 난감해진 거지. 다행히 외조부모 두 분이 살아계셔서 막내딸 시집이라고 보냈더니, 사위란 자는 알고보니 호랑말코였다는 뭐, 아주 비참한 얘긴데. 자네도 참 지겹겠지만, 내가 한 말 또 하고 했던 말 또 하는 술버릇인 걸 이해하게나.

아이구, 형님, 괜찮습니다. 편히 말하세요. 형님 술잔이 비었네요. 매제가 따르는 술을 고이 받아서 지용이 단숨에 넘기고는 어떻게든 이야기의 줄거리를 잡아보려고 애쓴다. 참 영특한 애였어. 세 해 세상 빛 보고 간 어린애를 두고 영특하다, 똑똑하다 하면 그 앨 못 본 사람들은 믿을 수 없겠지만 그 앨 한 번이라도 본 한동네 사람들은 다 알았지. 고 어린 게 옵빠, 옵빠 하면서 내가 마당에 풀이라도 뽑을라치면 호미를 들고 나왔어. 저보다 훨씬 큰 빗자루를 들고 마당을 얼마나 야무지게 쓸던지. 지금도 눈에 선해. 형님의 얼굴에 스치는 회한과 아쉬움에 혹여 아내가 속이 상할까 경태는 흠, 흠, 그 기운을 조금이라도 막아보려 헛기침을 해본다. 그러나 소용이 없다. 경태는 아내의 눈치를 보며 그저 묵묵히 소주잔을 들 뿐이다. 지숙은 저 이야기를 아마도 제가 태어나는 순간부터 들었을 거라고 저도 모르게 가는 한숨을 쉰다. 질투를 할 수도 없었다. 일고여덟 살이라도 살다 죽은 피붙이였다면 또 모른다. 저의 어린 시절을 더듬어 그림을 그려볼 수도 있었을 것이다. 하지만, 네 살이라니. 네 살을 겪은 마당이지만 쉰에 이른 지금의 저 자신의 네 살도 감감하다. 수 없이 들었지만 네 살에 죽었다는 언니에 대한 상상은 어떤 식으로도 불가능했다. 그러니 상이 없는 것에 대한 질투는 말할 것도 없다. 그러나 이야기가 쌓이고 쌓이며 반복되다 보면 없던 상도 생겨나는 모양이었다. 아주 어린애가 똑부러지게 말을 하거나 야무진 행동을 할 때, 그런 모습을 TV에서라도 보게 되면 미용이라는 이름을 지녔던 아이가 설핏 그려지곤 했다.

　그 날은 장대비가 끝도 없이 내렸어. 지용은 갑자기 자기의 양손을 들어올리며 가만히 눈길을 던져둔다. 거기 손톱 사이사이에 흙이라도 끼어있었던 걸까? 열두 살 사내애가 목격한 죽음의 기억에 가장 크게 등장하는 것은 비와 불어난 물이다. 하필이면 그날이 밀가루 배급을 타는 날이었어. 작은 할아버지가 거적에 둘둘 만 미용이…를 지고 산으로 가는데, 어머니는…, 수십 번 혼절하는 어머니를 부축하던 난…. 아마 어머니와 나 둘만 있었다면 우리는 그냥 벼랑으로 몸을 굴렸을지도 몰라. 암담하고 비참하고 무엇보다 그게 그 상황에서 가장 간단한 일이라고 생각이 되었거든. 작은 할아버지란 묵묵한 어른이 있어 어떻게든 걸음을 올려 아이를 묻고 오는데, 어머니가 그러는 거야. 면사무소에 가서 밀가루를 타오너라. 이십 리 길을 걸어가 밀가루는 어찌 탔는데, 그새 개울물이 불어난 거지. 키가 큰 편이었지만 열두 살짜리가 키가 크면 얼마나 컸겠나. 비는 더욱 거세어지는데 비닐로 밀가루포대를 덮었어도 가슴 넘어 차오른 물을 건널 용기는 없더구면. 넓긴 또 왜 그리 넓은지. 요즘에야 겨우 요 정도였나 싶지만 그땐 참 넓어 보였어. 같이 건널 어른이 한 명이라도 있으면 어찌해보겠는데, 도저히 건널 엄두가 나지 않더라구. 울었지. 비도 장하고 물살도 장하고 어린 녀석 울음도 장했어. 목소리가 흘딱 쉬었고 배도 고프고 춥기도 하고 나는 이제 이 밀가루 포대에 눌려 죽나보다 싶은데, 저 쪽 둑에 어머니가 보이는 거야. 딸애를 묻고 혼절에 혼절을 거듭하면서도 어머니는 밀가루 타러 간 아들 녀석을 기억해낸 거지.

하느님 같았지. 얼마나 든든하고 힘이 나던지. 저쪽 둑방에서 어머니가 물로 내려서는데 나도 안심이 되며 힘이 나더라구. 이쪽에서 나도 내려섰지. 어머니는 뭐라고 소리를 지르는데 다시 강둑으로 올라가란 소리였을 거야. 하지만 나는 용기가 났거든. 조심조심 밀가루가 물에 잠기든 말든 놓치지 않고 걸음을 뗐어. 잠깐 머리가 뱅그르 돌더니 정신없이 물살에 떠밀렸는데, 그때 날카로운 어머니의 비명이 들렸어. 물살에 떠밀린 그 와중에 내가 무언가를 붙잡았어. 기슭에 커다란 나무가 휘어뜨린 가지를 다행히 붙잡았지. 죽을 둥 살 둥 나뭇가지를 붙잡고 어머니가 위태위태 개울을 건너오는 것을 바라봤지. 손아귀 힘이 다 빠져서 이제 물에 떠밀려 가나보다 하는 찰나 내 손을 움켜쥐는 손이 있었지. 밀가루? 밀가루포대는 벌써 놓쳐버렸지.

이야기는 어느새 드라마로 접어들었다. 특별한 장치를 계획해두고 하는 말은 아닐 것이다. 해도 오라비의 이야기 속엔 그 모든 요소가 들어있다. 오로지 그 상황을 세세하게 기억해낸 자가 체득한 슬픔의 형식이 누이동생과 매제의 맘을 뭉클하게 흔든다. 두 남자의 손엔 이미 담뱃불이 타올랐고 지숙도 담배 한 모금이 간절했다. 이야기를 하고 그 이야기를 듣느라 불판엔 고기만 수북했다. 휴대버너의 불을 약하게 줄인 뒤 지숙이 조용히 일어나 아래층으로 내려가는 문을 열었다. 전깃불을 켜야 하는 캄캄한 어둠으로 내려가느니 옥상으로 가자, 하다가 계단코너에 그대로 앉아 담배를 빼문다. 옥상 유리문으로 비치어 든 햇살을 타고 연기가 하늘거린다. 천상과 지상을 잇는 숨이다. 오지 않는 이를 기다리는 한숨. 끝없이 피어나는 그리움. 영혼의 손짓들. 마음이 무너져버린 동무처럼 아래층으로 놓인 계단 께가 어둡다. 마음이 크게 무너진 친구가 전화를 해왔는데 지숙은 전화를 받지 못했다. 부재중전화의 번호를 띄워놓고도 지숙은 전화를 걸지 않는다. 동무의 얘기를 최선을 다해 들을 수 있는 상황이 아니었다.

불빛이 있어야 내려갈 수 있을 텐데, 하며 지숙이 벽에 붙은 전기스위치를 올린다. 반 층 아래 계단코너에 놓인 화병이 드러난다. 잘 마른 노란 프리지어가 여전히 거기에 있다. 그리고 여전히 계단에 엉덩이를 붙이고 앉아있는 부인이 있다.

'에세이적 부인(婦人)'. '기후와 날씨', '연대기와 기상학'과 더불어 지숙이 쓰고 싶은 글의 제목 하나가 머리를 스쳐 지나간다. 이국의 나무들 아래서, 건물들의 층계참에 앉아서 모자의 챙을 들어 올려 손수건으로 땀을 닦으며 어쩌면 떠올렸던 것도 같은 글귀가 스르르 그녀의 목줄기를 타고 등뼈를 지나 엉덩이로 미끌어지며 층계참에 놓인다. 다시 시작하자. 최초의 염원으로 돌아가자. 드라마 따윈 생각지 말자. 소소한 심정의 색채를 전하는 데에 극적인 드라마는 오히려 독이 될 뿐이다. 지숙은 빛줄기를 타고 올라가는 담배연기를 좇다가 자신이 실은 감정의 모든 상태를 경험했다고 자만하고 있다는 자각이 든다. 감정의 모든 빛깔을 봤으므로 더 이상은 깊은 감정에 빠지지 않겠다는 말일까? 아니면 다채로운 감정을 훑었으니 여한이 없다는 뜻일까? 아니다. 어쩌면 그 반대였을 것이다. 자신에게 일어나는 감정들을 방치하거나 밀어두기만 했던 시간이 길었다. 단순한 걱정에만 머물러 있었다. 불안, 비애로까지 미묘해지지 못했다. 도무지 흐트러지지 않는 비애란 것도 있는데, 하며 지숙이 담배에 새로 불을 붙인다. 문 너머에서 들려오는 두런대는 말소리를 듣는다. 그녀는 지금 비애란 말에 좀 더 몰두하고 싶다. 그러나 다시 거실로 돌아가 고기를 구워야 한다. 그러자. 옆에서 가만히 들어주자. 오라비가 건너온 그 애끓는 슬픔을 그녀가 건너온 적이 있는가? 진정으로 감정의 돌다리를 놓아봤던가? 그 돌다리를 폴짝대며 건너간 적이 있던가? 기억할 수 없을 뿐인가? 아니면 섬세한 감수의 능력은 애초에 없었던 것인가? 아침, 꽃과 함께 현관을 열던 여자는 누구였을까?

그 부인을 이제는 만나야 하는 게 아닐까? 그녀가 나지막하게 중얼거린다. 말을 걸어오는 상대의 목소리 질감을 어루만질 수 있다면 얼마나 좋을까! 잠시 힘을 비축한 지숙이 다시 술자리로 되돌아온다.

*

동무들과 어울려 놀다가 얼굴이 발갛게 상기되도록 뛰어온 조카에게 챙겨온 용돈봉투를 건네며 조카딸을 꼭 안아준 지용이 서둘러 길을 나섰다. 간병인의 급한 호출이었다. 음식쓰레기를 버리러 내려갔다 온 사이, 노모가 욕실 화장실에서 넘어졌다는 거였다. 우선 노모가 괜찮은지 살펴보세요, 했더니, 보호자님, 지금 당장 올라오셔야겠어요! 밤에 혼자 두시면 안될 것 같아요, 했다. 노모는 감시하는 눈이 없으면 침대 옆 변기가 아닌 욕실 화장실로 가곤했는데 오래 누워있어 다리에 힘이 없다는 사실을 모르는 게 분명했다. 이 아줌마마저 간병을 관두겠다고 하면 방법이 없었다. 노모는 죽어도 요양원엔 가기 싫다며 어린애처럼 울먹댈 게 뻔했다. 그는 귀가를 서두를 수밖에 없었다.

역까지 태워다 주겠다는 제안에 오라비는 과식을 한 모양이야, 좀 걸어야겠어, 나오지 마라, 춥다. 한사코 거절하고 바람 부는 골목을 허적허적 걸어 사라졌다. 8시 기차로 예매했으니 형님 기차시간은 넉넉할 거야, 멍하니 앉아있는 지숙의 어깨를 토닥이며 경태가 말했다. 보현인 친구들과 영화를 보고 밥도 먹고 들어온다니까 당신은 좀 누워. 상은 내가 치울 테니까, 하며 경태가 상 앞에 망연히 앉은 지숙을 부축해 안방으로 데리고 왔다. 이부자리를 펴주며 음악을 틀어줄까? 물었다. 아니야, 잠깐 누웠다 일어날 거야. 그래, 내가 설거지를 할 테니 좀 누워. 아니야, 개수대에 담가 주기만 해. 내가 할게. 그래, 알았어. 경태가 소리를 죽여 개수대에 그릇들을 담가놓고 조용히 아래층으로 내려갔다.

벽에 걸린 시계가 소리도 없이 둥그런 궤를 도는 걸 보며 지숙은 눈을 감았다. 어지러웠다. 평소 그녀의 속도완 다른 북적거림이 있었다. 여럿이 즐겁게 함께 있다가도 지숙은 그 자릴 벗어나 10분이라도 쉬지 않으면 안 되는 사람이었다. 사람 만나는 것을 좋아하지만 모든 걸 정지시켜 놓은 채 잠깐이라도 혼자 앉아 있어야 했다. 그렇지 않으면 어지러워 구토가 나기도 했다. 엔트로피가 적정수준 이상 올라가면 재빨리 그녀는 정지했다. 그저 누웠다. 행동도 말도 생각도 딱 정지시켰다. 이런 휴식을 갖지 않으면 당장 몸에 무리가 왔다. 구토와 급체 어지럼증 같은 게 그것이었다. 하지만 오랜만에 만난 친정오라비를 생각하면 죄스러웠다. 오라비는 맘 놓고 쉬어본 적이 없는 사람이므로. 누가 왔는지 아래층 현관의 풍경소리가 난다. 환기를 위해 열어둔 창문들을 닫아야겠다고 생각하면서도 지숙은 이불을 머리 위까지 덮어 쓸 뿐이었다.

지용이 골목들을 피해 앞이 툭 트인 천변 둑길을 택한 건 잘한 일이었다. 흙냄새를 맡으니 복대기던 마음이 누그러진다. 희미한 물비린내도 맡아졌다. 서글픈 고향의 냄새였다. 하긴, 같은 도니까. 그는 동생네에 내려오면 약간의 번민이 일곤 했다. 근처로 내려와도 좋지 않을까? 그러나 이내 도리질을 친다. 그에게 최우선은 아직은 노모였다. 노모가 원치 않는 일이었다. 그러니 아직은 아니다. 꽃이 흐드러졌을 때 노모를 한번 모시고 내려오면 좋겠지만 가능한 일이 아니다. 앉아 있다가도 뼈가 골절되는 경우도 있어요. 지금 어머니 상태가 그런 지경입니다. 의사는 한 달에 한 번 있던 병원진료도 금지시켰다. 대신 지용이 대여섯 개 과를 돌며 약만 타왔다. 노모는 식사와 약의 복용과 변기에서만 시간을 일으켜 세울 뿐 대부분의 시간을 침대 아래에 깔아놓은 채였다. 그 시간 근처에 그의 시간도 놓여 있었다. 이렇게 고즈넉하게 길을 걸어보는 것도 참으로 오랜만이었다. 앞에서 걸어오는 정정한 노인네들을 보자니 침대에만 누워있는 노모가 더욱 안쓰럽다.

아니, 어딜 가면 간다고 한마디를 해주면 덧나나? 속을 이렇게 새까맣게 태우면 그 속은 좋나? 거기와 상관없는 내일인데 일일이 보고를 해야하남유? 고향에 일이 좀 있었슈. 아니, 그러면 그렇다고 한마디 해주면 될 걸. 고집도 엔간해야 말이지, 원.

다투는 와중에도 공원장엘 들어가니 마니 하는 희한한 말들이 오간다. 내막이야 알아도 그만 몰라도 그만. 건강한 노인네들이 지용은 마냥 부러울 뿐이다. 의가 좋은 부부일라나? 새로 사귄 애인일라나? 칠십 언저리로 보이는 그네들과 자신이 기껏해야 서너 살 차이지 싶은데, 기운이 달라도 너무

다른 것이다. 처자도 없는 늙은 몸이 자리보전한 노모를 돌봐야하는 제 신세가 처량도 하다. 그는 오렌지빛으로 다리를 환하게 밝히는 가등이 촘촘하게 서 있는 다리에 이르러 담배 한 대를 빼문다.

이 서문다리에서 동전지갑(40년 전 쯤 유행하던 그 까만 지갑을 그가 떠올린다)을 사서 저에게 주었던 것을 열한 살이던 동생은 기억하지 못할 것이다. 동전이 유용하던 시절이었지, 하며 지용은 이제는 말끔히 새로 단장된 다리를 바라본다. 터미널이 있던 자리엔 대형마트가 들어섰고 다리 위의 가게들은 철시되었다. 그 자리엔 아베크족들을 위한 벤치들이 놓였다. 아베크족들 사이에 덩그마니 서서 천을 바라보던 나이 지긋한 빵모자와 눈이 마주친 지용이 동병상련의 인사치레로 목례를 한다. 작고 다부진 체구를 가진 빵모자도 목례를 건네어 온다. 이곳에서 자신도 빵모자처럼 물구경에 빠져보고도 싶지만 그에겐 가야 할 길이 있다. 신호등에 초록불이 들어온다. 그는 대각선으로 놓인 횡단보도로 들어선다. 이 순댓국집도 여전하네, 하며 6차선 이 도시의 가장 큰 도로를 만나 빨간불이 초록불로 바뀌길 기다리며 잠시 쉰다. 손전화를 꺼내어 시간을 체크한다. 역까지 한 시간이면 넉넉히 도착할 것이니 시간은 충분하다. 그러니 이제 막 온 메시지 하나에 그

의 걸음이 잠시 붙잡힌들 대수랴. 오빠, 조심해서 올라가. 코
끝이 찡해온다. 그는 고개를 돌려 뒤를 돌아보다가 이내 걸
음을 옮긴다. 신호등에 초록불이 들어오고 차들이 일시에 정
지한다.

5.

해가 서쪽 하늘로 완전히 사라졌다. 가까스로 번화가를 빠
져나온 커다란발이 발걸음을 다잡아 시장 쪽으로 향한다. 약
국도 벌써 문을 닫았고 마늘을 팔던 할머니도 보이지 않는
다. 어슬렁대는 고양이 몇 마리 뿐 거리엔 폐허의 도시마냥 인
적도 없다. 아침에 사내가 앉아있던 벤치 역시 비어 있다. 사내
는 딸내미를 잘 만났을까? 사내가 이젠 공원장을 나와 집으
로 돌아가면 좋겠다고 생각한다. 그러나 그게 얼마나 어려운
일인지 커다란발은 잘 알고 있다. 그래서 어둠이 내리는 것이
라고 커다란발은 생각하곤 했다. 어둠 아래에 몸을 숨기라고
밤이 오는 것이라고. 화학섬유냄새가 나는 옷가게도 다 철시
되어 이집 저집에서 내어 놓았던 가판자리엔 드문드문 의자가
내놓아져 있다. 철시된 골목은 이상하게 단정하다고 그는 다
시 또 생각해보는 중이다. 산에 잘 정리된 밭들을 보던 어린

시절에도 뭉클하게 올라오는 이 느낌이 있었다.

3층짜리 상가아파트 낡은 창으로 고단한 불빛이 새어나오고 있다. 여기저기 금이 간 벽이 보기엔 흉하고 아직도 연탄난방을 하지만 저 아파트는 시장 상인들의 아늑한 보금자리였다. 2층 오른쪽 끝 방이 떡볶이 신씨 아주머니의 집이다. 아직 불이 켜지지 않은 걸 보니 파장을 못한 모양이었다. 밤의 시장은 양쪽으로 가게들이 물러난 듯 보인다. 통로는 넓어졌고 인적은 끊겼다. 야채가게들이 아직 문을 열고 있는 시장 네거리에 서서 그는 잘 알 수 없는 시끄러운 말의 홍수를 경험한다. 중국인들이다. 이 지역엔 중국학생 비율이 60프로를 넘어섰다는 대학이 있다. 그러나 채소를 파는 상점 앞에 모여 있는 중국인 대부분은 중국에서 온 노동자들이었다. 시 외곽에 있는 농장이나 가구공장에만 중국인들이 모여 사는 건 아니었다. 이러한 구도심에도 중국인들이 꽤 들어와 있었다. 우선 남문여인숙만 해도 방 4개 중 2개를 중국인들이 쓰고 있었다. 이 시간에 장을 보는 사람들은 대부분 중국인들이었다. 하루치의 노동이 끝난 시간, 떨이로 물건을 살 수 있는 철시 무렵, 그들은 파도처럼 시장골목을 쓸고 다닌다. 그들의 시끄러운 말소리가 모인 곳엔 어김없이 불을 켠 가게들이 나타난다.

신씨 아주머니의 떡볶이 가판엔 손님이 있었다. 보란 듯이 소주병을 테이블 위에 올려놓고 앉은 사내는 짐작대로 3호 송씨였다. 아침에 커다란발이 앉았던 자리엔 새초롬하게 아주머니 한 분이 앉아 있다. 늙은 남녀가 신씨 아주머니에게 선이라도 뵈는 듯 조심성 있게 움직인다. 커다란발이 다가가자 두 여인네보다 먼저 알아본 송씨가 빨리 지나가란 손짓을 했기에 그는 아직 파장을 하지 않은 채소가게에 몰려 있는 중국인들 쪽으로 방향을 바꿔 걷기 시작했다. 이 길은 그의 거처로 난 골목들과 이어져 있다. 그는 걸음을 빠르게 놀린다. 밥도 싫고 그는 이제 좀 눕고 싶다.

말더듬이 주인장이 내일은 문을 열까? 내처 시장을 빠져나온 커다란발이 잠시 걸음을 멈추고 을씨년스러운 전파사를 바라본다. 이윽고 팡팡노래방을 지나 페르시안캣츠란 요상한 이름의 세탁소를 지나 수월사로 오르는 좁고 어두운 계단을 단걸음에 지나와 등나무슈퍼를 끼고 돈다. 그는 이제 쉬고 싶다. 80보를 착실히 걸어간 그가 골목어귀에서 머뭇댄다. 왼쪽으로 꺾어야할지 내처 70보를 걸어가 왼쪽으로 꺾어야할지 모르겠지만 이제 그는 그의 거처에 가깝다. 중년의 단정한 남자가 골목으로 들어설 때 커다란발도 무심코 골목으로 길을 꺾었다. 책방 문을 열고 들어가는 남자의 배낭에서인지 양손에 들린 비닐봉지에선지 허기를 부추기는 냄새가 흘러 나오고 있었다.

*

복자씨가 식당 불을 끄고 아예 문을 잠근 뒤 여인숙을 향해 나섰다. 저녁을 먹으며 막걸리를 마시던 단골 둘이 있어서 돼지두루치기를 해 내고 끼어 앉아 막걸리도 두어 사발하면서 그럭저럭 시간을 넘겼지만 여덟시가 다되도록 커다란 발은 식당에도 뒷방에도 들어오지 않았다. 특별한 일이 없는 한 일곱 시면 식당은 닫혔다. 점심 장사면 충분히 먹고살 만했기에 복자씨는 저녁장사는 하지 않은지 오래였다. 간혹 오늘처럼 단골의 술시중을 드는 건 그야말로 의리 때문이지 돈벌이를 위한 건 아니었다. 손님이 가자마자 전깃불을 내리고 파장했다는 것을 알려야했지만 여전히 식당 불을 끄지 않은 건 고양이와 제 짐을 옮겨 놓고도 코빼기도 보이지 않는 커다란발을 기다리는 까닭이었다. 아무래도 커다란발이 집을 잘못 찾아 들어간 것 같았다. 한 번은 치러야 할 일이었다. 그게 빠를수록 피차 안정을 찾기가 쉬울 터였다.

여인숙 대문은 열려 있었다. 복자씨가 살짝 대문을 밀고 손바닥만 한 마당으로 들어섰다. 마침 현관문까지 열려 있어 안을 들여다보니 아니나 다를까 커다란발의 닳아빠진 운동화가 눈에 들어온다. 노기가 다시 일어나 눈물이 핑 돌지만 싸움질을 하자고 현관으로 발을 들이지 못한다. 기타음률 탓이었다.

4호는 수염이 부숭부숭한 얼굴을 해서는 악보(장미씨는 몰랐지만 그 악보는 죽은 딸을 위해 만들었다는 프란치스꼬 타레가의 '눈물'이었다)를 열심히 들여다보더니 고개를 갸웃대며 한 부분을 오래 계속 연습하는 중이다. 차려준 밥은 마다하고 라면 한 냄비를 마시듯 먹더니 창고방에 있는 기타는 왜 남겨뒀냐고 나무라자 미적거리며 들고 나와선 반시간 넘도록 저 지랄이다. 가려면 후딱 가던지. 4호에게 무슨 말이라도 들어볼 양으로 남문여인숙 주인 장미씨는 자리를 뜨지 않는다. 마땅히 자리를 피할 곳도 없거니와 무언가 새로운 느낌을 불러일으키는 4호의 얼굴을 훔쳐보느라 그대로 식탁에 주저앉아 있다. 대놓고 마주보기는 어쩐지 부끄럽지만 다행히 4호는 장미씨에게 무신경하다.

기타를 연주하고 있는 그는 눈이 오나 비가 오나 아무런 대비 없이 도시를 걸어 다니는 그 사람이라고 믿어지지 않는다. 얼굴은 까닭 모르게 초췌하고 기타 줄을 뜯는 손가락은 야위어 있다. 장미씨가 그 손가락을 제대로 본 건 이번이 처음이다. 보는 동안에도 손가락이 점점 더 야위고 있다는 착각이 든다. 내리 깐 두 눈의 긴 속눈썹마저 처연해서 장미씨는 계속적으로 당황하고 있는 중이다. 한 뼘은 흘러내린 것 같은 다크써클에도 마음이 간다. 무슨 조화속인지 전체적으로 노숙거지 같은 저 4호를 만지고 싶어진다. 상상 속에서 이미 그녀는 한 손을 쭉 뻗어 그의 엄지에 끼어있는 공깃돌만한 보석반지에 이르러 아무렇지도 않게 반지를, 반지를 낀 그 손가락을 더듬거린다. 4호는 반복하던 부분을 끝내고 가만히 눈을 감았다 뜨며 다시 연주를 시작한다. 장미씨는 그새 자라난 그의 수염을, 깊은 인중과 꽉 다문 입술을, 아랫입술의 아랫선을, 만지고 싶다. 이 시간이 지나면 아주 이별을 해야 하는 애달픈 연인의 심정이다. 그리곤 또 제 감정에 당황해서 어쩔 줄을 모르고 나지막하게 중얼댄다. 내가 미쳤나 부다. 소리라도 지르고 싶다. 그만해욧! 이제 그만 가요! 속생각에 복대기다가 어렵사리 식탁을 벗어나 현관을 나서는데 손바닥만한 마당에 복자씨가 서 있다. 슬리퍼바람에 발목이 훤히 드러나는 매무새를 보자니 맘이 뭉클하다. 장미씨가 복자씨를 안으로 이끈다.

식탁의자에 앉아 기타를 치고 있는 그는 제 세상에 빠져 있으니 그냥 두기로 한다. 장미씨가 턱짓으로 제 방으로 복자씨를 민다. 문은 열어 둔다. 식탁에 차려진 나물 몇 가지와 소주 한 병을 소반에 얹어 와 복자씨 앞에 내려놓으며, 요 앞길에서 만나 내가 데려왔수, 한다. 안 가져간 짐이 하나 있었소. 저 기타가 창고방에 있기에 부른 거요. 밥이나 한끼 먹여 보내려던 참이었는데, 기타를 잡더니 계속 저러고 있소. 짐까지 알뜰하게 싸서 거기로 가놓고 또 정신이 쏙 나간 모양이요. 조금만 기다리면 이내 정신이 들 것이오. 그러니 걱정 마오. 돌이켜보면 내가 형에게(둘 사이가 각별했을 때 장미씨가 복자씨를 그렇게 불렀다) 잘못한 게 많소. 욕심을 부릴 사이가 아닌데, 욕심이 지나쳤소. 미안하오. 그러니 화를 푸시오. 이 술을 나눠 마시면 예전 형님 동생 하던 그 시절로 넌떡 돌아가면 좋겠소. 그것도 욕심인 줄 알고 있소. 내가 욕심을 부려 일이 이렇게 된 것이니 고만 화를 푸소, 한다.

거푸 석 잔을 내리 마신 탓에 복자씨 얼굴이 화끈화끈하다. 술기운이 탓인지 마음이 시큰거리는데 제 집 벽에 걸린 마음을 다스리는 글귀도 가물가물 생각이 나지 않는다. 술을 한 잔 더 받아놓고 가만히 입을 연다. 가방에다 짐은 싸온 모양이지만 그걸 푼 건 아닌 것 같더구먼. 아무래도 살던 집이 편하지. 무슨 말을 하려는 장미씨에게 손사래를 쳐 막고선 다시 말을 잇는다. 저 양반이 짐을 싼 건 방을 옮기고 싶어서가 아니라 다른 이유가 있네. 그 사정을 들어보면 저 양반 진정이 뭔지 알게 될 걸세. 내가 옹졸하게 두 사람 사이를 이간질하고 싶지는 않네. 아침 열 시 반이나 되었을라나 그랬네. 식당에서 보니 저 양반이 노인정 마당에 있더구먼…. 구슬픈 음률이 들려왔다. 어딘지 좀 모자라는 사람이란 소릴 듣는 사람, 오로지 걷기만 하던 사내의 마음이 실린 소리여서 일까? 두 여인이 입을 다물고 그 소릴 듣는다. 마주 앉은 두 여인네는 사내의 이름은 고사하고 성조차 알지 못했지만 그까짓 이름 따위를 모른다고 그 사람을 모르는 것은 결코 아니다.

내가 보니 두 사람은 벌써 정이 든 것이여. 그런 줄도 모르고 이치에 닿지 않는다고 악다구니만 해서 미안허네. 큰발씨 짐은 지금이든 내일이든 이리로 다시 갖다 놓게. 자네는 털알레르기가 있잖은가. 고양이는 내가 키울 참이네, 하며 아침나절의 사정을 두루두루 빼놓지 않고 이야기하고는 복자씨가 나는 이제 갈라네, 오늘은 저녁장사까지 해서 퍽 고단하구먼, 하며 일어섰다. 서로 맘을 내어 의논하던 때라면 아무 문제도 아닐 것이 오해를 만들고 오해를 쌓다보니 또 의논이 쉽지 않았다고 중얼중얼. 그러니 예전처럼 정답게 서로 의지해 남은 세월 함께 보내면 좋겠구먼. 방을 나선 복자씨가 기타를 안고 앉아 무연히 저를 바라보는 커다란발에게 고개를 서너 번 끄덕대고는 손바닥만 한 마당으로 나섰다. 장미씨가 골목까지 따라 나오며 고맙수 형, 한 마디를 더 보탰다. 달도 밝네, 달도 밝아, 중얼거리며 복자씨가 골목을 걸어 나갔다.

어두컴컴한 방에 들어오기가 무섭게 전화벨이 울렸다. 노모였다. 야, 넌 벌써 처자는겨? 아까부터 전활 해도 받질 않구. 느이 집 뒷방에 들 손님들이 있으니 내일 방 좀 보여라. 월세 착실히 낼 터이니 보증금은 받지 말고. 그게 끝이다. 원체 무뚝뚝한 양반이지만, 밥은 먹었냐, 감긴 안 들었냐, 물어도 좋으련만 노모는 유독 딸자식에겐 더 쌀쌀맞았다. 일찍 남편을 여읜 딸자식을 강하게 키우고 싶었나 보다고 이해하려 해도 오늘 같은 밤엔 복자씨 눈에서 왈칵 눈물이 쏟아지는 거였다.

*

참, 정원씨는 어떻게 하기로 했나? 경태가 문자 설문 문항을 좀 더 정교하게 하는 걸로 방향을 잡았어요, 하며 정원이 입을 연다. 두 달 전 정원이 책방 옆 철물점 2층으로 이사를 온 뒤론 서로가 서로의 사정을 더 빤히 알게 되었다. 우리들 도움이 필요하면 언제든지 말해요. 천변책방 상반기 가장 중요한 일이니까, 라며 경태가 정원을 향해 술잔을 치켜든다. 네, 쌤, 하며 정원이 반쯤 남았던 소주를 입으로 털어 넣고는 담배 하나를 빼문다. 볼 일이 있어 근처에 왔다가 순대를 사 들고 와서 푸짐한 술자리를 만들어준 성규가 이번에도 통과를 안 시키면 내가 가만 안 있을 거여, 한다. 이번엔 당연히 통과지, 맞장구를 치는 영수는 벌써 거나하게 취했다. 두 해전에 옆집 상포사 2층에 방을 마련해 두고 서울을 오가던 영수까지 합세한 술자리가 한창 무르익어간다.

천변책방은 실은 책을 사고파는 곳은 아니었다. 그냥 둘러 앉아 같이 책을 읽는 곳이었다. 그러나 오늘은 특별한 모임이 있는 게 아니었고 몇이 우연찮게 만나게 된 거였다. 꼭 흡연자여야 한다는 조건을 둔 것도 아닌데 회원들은 모두 흡연자였고 두엇을 제외하곤 지독한 골초들이었다. 책방 안은 금세 너구리굴이 되곤 해서 겨울에도 환기를 위해 자주 문을 열어두곤 했기에 출입문 가까이 있던 성규가 열린 문을 닫기 위해 일어나며 천장으로 눈을 돌린다.

가장 아름다운 사각이다. 방출되는 라돈으로 인해 몸에 아주 해롭다는 석고보드 천장마저도 이 아름다운 사각형 공간에 적절하다. 거기에 붙어있는 크리넥스 티슈곽으로 만든 갓

등도 사각이다. 벽도 사각이고 책도 사각이며 탁자도 사각이다. 바닥에 놓인 마룻널마저도 사각이다. 온통 사각인 이곳이 그러나 이토록 편하다. 사각들이 모나지 않고 부드럽게 만나는 건 이 연기 때문이리라. 성규가 담배연기를 한 모금 또 내뿜는다. 사각을 채우며 넘실대다 스러지는 이 연기가 사람들을 몽환으로 이끈다는 생각을 하며.

그들은 먹고 마시고 이야기하지만 사각은 여전히 굳건하다. 그리고 조용하다. 잔과 잔이 부딪칠 때도. 말이 나가고 안주가 들어올 때도. 화장실에 다녀올 때도. 다만 정화조 냄새와 담배 연기가 서로에게 들러붙으면 냄새에 민감한 누군가는 살짝 인상을 찡그리기도 한다. 그들이 구축한 사각의 공간이 흔들리다 흐르고 섞이고 미끄러진다. 멀어졌다가 가까워지고 풀리고 섞이며 끈적끈적해져선 돌출적으로 쑤욱 부상하는 주먹도 있다.

"문제는 언제나 꼰대들이라니까. 과거에만 매달리면 꼰대가 될 수밖에 없어."

"태극기를 들지 않는 건 반역이라고 공원을 지나는 청년에게 핏대를 세우던 할아버지가 생각나네."

"특검은 연장될 것 같지 않지?"

"아마도. 특검 중엔 제일 잘한 것 같더라만."

"설마 기각되는 건 아니겠지?"

"기각은 말도 안 되죠. 인용이 될 거에요."

"낙관은 금물이야. 요즘 돌아가는 걸 보면 최악의 경우가 생길 수도 있을 것 같아서 말이야. 돌이켜보면 매우 본질적으로… ."

사각의 모서리 하나가 슬쩍 떨어지는 소리가 난다. 풍경소리에 모두의 눈이 출입문을 향한다. 풍경을 매단 문이 서너 번의 정지와 감속을 반복하다 닫힌다. 이 루즈한 분위기 속에 틈입한 이 급격함은 무엇이지? 모두가 입을 다물고 초로의 사내에게 시선을 꽂는다.

"무슨 일인가요?"

경태가 묻는다.

"잠시만요. 대단히 미안한데 잠시만 몸을 좀 숨길 수가 없을까요?"

행색은 멀쩡한데 정신은 쑥 빠져있는 초로의 사내가 말릴 틈도 없이 안으로 들어서서는 몸 피할 구석을 찾는지 안절부절 못하고 있다. 잠시 주저하던 경태가 이미 슬리퍼를 꿰신고 올라온 사내를 뒷방으로 안내하고 갑자기 덩달아 나머지 회원들도 일어나 사내가 몰고 들어온 다급함의 기운 아래를 서성대는데, 밖에서 고래고래 질러대는 소리가 들려온다. 전익중이 너, 어디로 숨었냐? 야, 이 사기꾼아, 니가 숨으면 내가 못 찾을 줄 아느냐? 성이 잔뜩 난 여성의 목소리가 골목에 울려 퍼진다. 장담하던 그 여성은 전익중이란 사내를 못 찾았다. 고함은 다른 골목으로 넘어가고 있었다. 뒷방에 숨어 든 사내가 아직은 골목으로 나서기가 두렵다며 잠깐만 더 있다가 겠노라 말하곤 술자리에 합석을 했다.

"전자올겐의 황제, 전익중이라고 합니다. 초면에 실례가 많습니다. 저는 요 앞 맘모스 콜라텍에 전속된 연주간데, 아홉 시에 무사히 연주를 마쳤답니다. 평소처럼 팬들과 술 한 잔을 나눠마시게 되었는데 두 명의 여성 팬이 저를 두고 다툼이 났겠지요. 너무나 무서웠어요. 용케 도망을 쳐 나왔는데 그 중 한 분이 저렇게 동네방네 소리를 지르며 쫓아 나온 겁니다. 죄송합니다만 요 잔만 비우고 가겠습니다."

웃어야할지 울어야할지 책방회원들의 난감한 표정이 감추어지지 않는다.

"아이구, 조심하셔야겠습니다. 세월도 파괴할 수 없는 초절정의 매력을 지닌 분들은 더욱 조심하셔야 하죠. 아무렴요, 그렇지요."

애매한 분위기를 살피며 성규가 늙은 연주가에게 위로를 보낸다. 누구에게도 위로를 보낼 줄 아는 사람. 그게 성규였다. 성규는 고등학교 시절 밴드를 이끈 적이 있으며 자신은 요즘 색소폰에 빠져있으니 전자올겐의 황제인 전익중씨와 합주를 해 봐도 좋겠다는 말을 한 건 영수였다. 전익중씨는 이 후진 골목에 이런 문화공간이 있다는 걸 아티스트로서 늦게 안 것을 미안해하기도 했다. 한 잔이 두 잔이 되고 두 잔이 두 통이 되도록 그는 마셨으며 원체는 반주로 한두 잔 하는 게 다인 자기로서는 아주 드물게 모험적 음주를 하고 있다고 하더니 자신이 술을 살 테니 어디 좋은데 가서들 마시면 어떻겠냐고 묻는 바람에 회원들의 따가운 눈총을 받았으며 서둘러 전자올겐의 황제 되시는 분은 이제는 안전한 골목으로 내쳐졌다. 가만히 귀 기울여 상대들의 이야기를 들었다면 어쩌면 그는 좋은 친구들을 얻을 수도 있었겠으나 그에게 그런 운은 없었다.

우리 모두는 친구가 필요하다. 엄청나게 많은 친구가 필요한 건 아니다. 서넛만 되어도 둘러앉아 두런거릴 수 있다. 경태는 그런 친구들을 가진 행운아라고 말할 수 있다. 그건 하늘에서 뚝 떨어진 행운이 아니었다. 문을 열어 그들을 옆자리로 모셨기에 가능했다. 함께 재밌게 놀 자리를 마련하고 유지하는 일은 쉽지 않았다. 게다가 모임의 가장 중요한 덕목인 성실함이 굳건하지 않은 경우도 꽤 있었다. 성실함? 무엇에 대한 성실함인가? 재밌게 함께하려는 자세를 견지해야 한다는 성실함이다. 이미 많은 회원들이 알게 된 바이지만 경태가 말하는 성실함이란 바로 '들어주는 성실함'이었다. 그래서 이 사각의 실내가 이토록 조용하고 부드러운 거였다. 우리의 전익중씨는 함께하는데 필요한 그 성실함이 태부족했다. 함께 놀려면 우선 성실하게 벗들의 말에 귀를 기울여야 한다는 것을 그는 아직 듣지 못한 것이다. 그리하여 그는 초면인데도 귀를 기울이는 대신 입을 열기에 바빴다. 나중에 혹시 그가 억울하게 여길까봐 이 자리에서 밝히는 바이지만 들으려 하지 않는 사람은 이 책방의 회원이 될 수 없었다.

*

언제까지 머물게 될까? 이번엔 얼마나 있게 될까? 25년 지기지우의 책방 옆에다 얻어둔 이 집은 땅끝으로 향하는 영수의 중간기착지였다. 아내와 함께 내려오면 이곳은 안정감을 띤 거처가 되지만 지금처럼 혼자 내려오면 여지없이 허무가 그를 비집고 들어온다. 책방에서 마신 술이 좀 부족하지만 그는 술병을 꺼내는 대신 색소폰을 집어 든다. 흥분시키면서도 안정감을 주는 쇠의 이 촉감이 좋다. 가만히 바람을 불어넣자

중후한 음률이 겨울밤을 채운다. 겨울의 끄트머리에 당도한 이곳에서 어떤 기운 안에 있게 될지는 모르지만 보일러 기름도 넉넉하고 나무도 있으니 춥지는 않을 것이다. 색소폰을 불며 그는 고요한 생동을 느낀다. 곧 봄이 올 것이다.

　도둑고양이처럼 남문여인숙 3호에 몰래 숨어든 두 늙은 남녀에게도 색소폰 소리가 스며든다. 알토 톤의 곡조가 밤을 부드럽게 휘감는다. 어머나, 이건 내가 정말 좋아하는 노랜데, 하며 주여사가 일어나 앉았다. 보름을 지나온 둥근 달이 창으로 스며들어 주여사 희끗한 머리칼 위에 내려앉는다. 그대 떠난 봄처럼 다시 목련은 피어나고 아픈 가슴 빈자리엔 하얀 목련이 진다. 주여사가 색소폰을 따라 부르는 노랠 송씨가 가만히 듣고 있다. 신씨 아주머니는 내일 아침 당장 옛날식당 뒷방을 보러가라고 했다. 어쩌면 정말로 새로운 시작을 할 수도 있을 것 같다. 그는 노래가 끝나고도 창 아래 웅크리고 앉은 주여사를 이불 안으로 잡아끈다. 잡시다. 내일은 꽤나 바쁠 것 같은데, 하며.

　골목의 가등아래에서 걸어 나온 젊은 여자가 음악소리가 흘러나오는 상포사 불 켜진 창을 올려다본다. 이 골목을 몇 번 지나간 적이 있지만 색소폰 소리는 처음이다. 소리에 이끌리어 상포사 앞으로 다가왔으나 골목으로 들어선 두런대는 소리에 놀라 다시 가등 아래로 들어가서는 상포사 커다란 간판에 화들짝 놀라 몸을 떨다가 어슬렁대며 걸어오는 고양이 두 마리를 향해 길을 잡아간다. 학금(그녀가 키우던 고양이 이름. 장학금에서 따온 이름이다)이가 아니다. 젊은 여자가 설렁탕집 공터로 바삐 걸음을 옮기지만 이내 풀이 죽은 걸음으로 노인정 그네로 다가가 배낭을 멘 채로 흔들거린다. 누가 고양이를 데려갔구나. 잘 키워주겠지. 노인정 마당을 어슬렁거리는 고양이 대여섯 마리가 여자를 경계하며 지켜보자 그녀가 간판 불이 꺼진 오페라모텔을 향해 착실히 걸음을 옮긴다. 여자가 오페라모텔 현관문을 열자, 현관 센서등이 반짝 불빛을 터뜨리고 아이구, 어쩐 일이래? 놀라며 반기는 아낙네의 기운찬 목소리가 그녀를 맞이한다. 여자는 갑자기 눈물이 핑— 돈다. 하루만 여기서 더 자려고요. 그래, 그래. 색시가 쓰던 방이 여전히 비어 있어. 내가 깨끗이 청소를 해놨으니 어서 올라가 자요. 무거운 배낭을 메고 여자가 2층 계단을 오른다. 어두운 빨강의 카펫이 다시 그녀를 맞는다. 복도 가장 안쪽에 그녀와 그가 살던 방이 있다. 여전히 서로의 체취가 남은 방. 여자가 침대에 쓰러진다. 운다. 울다가 일어나 그에게 전화를 건다.

"잠을 깨웠니? 괜히 전화했나봐."

"아냐, 아냐. 전화해줘서 고마워."

"할머니가 좋아하셨겠네?"

"응. 언니네야?"

"응. 아니."

"어디야?"

"어디면?"

"우리 방이구나!"

"응. 오늘 하루만 더 있다 가려고. 학금이를 찾아야 해서."

"민지야…. 내가 갈게 거기 있어줄래?"

"아니, 학금이를 못 찾더라도 내일은 서울로 갈 거야."

"그래…."

"거긴 편안하니?"

"여긴 아주 깜깜해."

"개가 짖나봐. 소리가 들리네."

"응."

"문을 열고 마당에 나섰나보구나."

"응."

"거긴 정말로 공기가 좋겠지?"

"할머니 털신에도 달빛이 반짝대네. 내일…, 이리로 올래?"

"아니. 내일 서울로 갈 거야."

"그래."

"오랜만에 할머니가 해주신 밥을 먹었겠네. 맛이 좋았겠
다."

"응."

"그래, 그럼 이제 자."

"좀 더 얘기할까?"

"아니. 잘래."

"그래. 잘 자."

"응. 너도."

전화를 끊은 젊은 여자가 베개에 머리를 묻었다.

자정이 가까워오고 있었다.

경태가 술자리 뒷설거지를 마쳤을 때 전화가 걸려왔다. 성
규형이었다. 경태야, 아우— 취한다. 형, 딴 데로 샜나? 어디
여? 여기? 몰라, 그냥 엄청 취했네, 내가. 음— 난 말이다, 너
희 부부가 정말로 건강했으면 좋겠다. 나는 책방이 너무나
좋고 책방에 모이는 우리 친구들이 참 좋고 그래. 내가 무슨
복을 지어서 책방모임에 참여하게 된 건지 모르겠지만 고맙
고 취했고…. 형? 자나? 아니야, 아니야. 음— 음— 내가 전
화한건 말이야, 이 말을 하고 싶어서야. 경태야, 고맙다. 나도
형이 늘 고마워요. 술이 많이 취한 것 같은데 집에 잘 갈 수

있겠어요? 걱정 마. 집 앞이야. 경태야, 그럼 나 우리 마나님 계신 곳으로 들어간다. 네— 형, 아까 봤는데 벌써 보고 싶지요? 그래. 늘 그렇다니까. 그러니까 진짜로 고맙다. 잘 자, 하며 성규형이 전화를 끊었다. 오늘이라고 특별한 날은 아니었다. 책방엔 아는 사람과 모르는 사람이 모였다 흩어졌고 어김없이 자정이 다가왔다. 경태가 허허, 웃으며 골목에 스미는 노랫소리에 귀를 기울인다.

밋미인디앨리웨이 어미닛투미드나잇 돈비레이트. 밋미인디앨리웨이…. 자정에 골목길에서 만나요. 늦으면 안돼요.

미국 드라마 〈트루 디텍티브〉를 함께 본 뒤여서 민수가 부르는 이 노래를 들으면 보현은 미국남부 루이지애나의 몽환적 습지를 거닐고 있는 매튜 맥커너히의 구부정한 실루엣이 떠오르곤 한다. 민수는 마티 하트 역을 맡은 우디 해럴슨과 어딘지 모르게 비슷해서 저 노랠 흥얼대면 보현은 자꾸 웃음이 났다. 두 친구는 벌써 여러 번 8부작으로 만들어진 〈트루 디텍티브〉를 다시보곤 했는데 이제 그것도 조만간 끝이 날 것이다.

"언제 올라가는 거지?"

"23일. 열세 밤 남았네."

"거기도 골목은 있겠지?"

"글쎄. 있기야 있겠지. 하지만 이런 밤산책은 못하겠지?"

매 순간 이 골목은 다르다. 오늘 고등학교를 졸업한 두 동무의 눈엔 무거운 어둠을 들어 올리는 가로등이 보인다. 연통에서 빠져나오는 연기 중에 매캐한 연탄가스 외에 향긋한 나무 냄새가 섞이어 있다는 것도 알 수 있다.

두 동무는 저희들 집인 책방과 목공소를 지나친다. 평소라면 철대문과 나무문을 열고 나왔을 시간이다. 자정에 골목에서 만나 커다란 재래시장의 외곽에 자리한 어둡고 좁은 골목들을 탐색한지도 벌써 두 해째다. 민수가 목공소로 이사 오며 시작된 밤산책도 조만간 끝이 날 것이다.

"닭들이 도살되는 곳인가?"

"글쎄. 으스스하네."

건장한 민수와 함께여도 털이 쭈뼛 서는 건 막을 수가 없다. 어둡고 좁은 골목들을 지나온 두 동무가 폐허가 된 목욕탕 앞에 멈춘다. 목욕탕 너른 마당에서부터 자라난 높다란 굴뚝 앞에 여자가 웅크리고 앉아있다. 그림자도 없이 밤의 골목들에 길을 잃고 주저앉은 이들이 많았다. 달빛도 스며들지 못한 저 담벼락 아래에도 누군가 울고 앉았을지 모른다. 그러나 지금은 오들오들 떨고 있는 이 여인을 책방으로 데리고 가야한다.

프루스트는 오류가 하나 제거되면 감각이 하나 열린다고 썼지만 보현은 그 반대를 생각하는 중이다. 감각이 하나 열리니 오류 하나가 제거된다. 그러나 감각을 오래 유지하기 위해선 부단한 연마가 필요하다. 그러나 나는 이미 절망적이다,고 보현이 말하자, 민수가 그렇지 않아, 보현아, 절망적인 게 아니라 섬세한 거야, 한다.

세상의 모든 골목에 공평히 달빛이 쌓이고 있었다. 달빛을 들까부는 바람도 없어 달의 빛은 차곡차곡 그 두께를 키워갔다.

6.

'엘리제를 위하여'를 앞세워 골목에 청소차가 들어온다. 차 꽁무니에서 두 사람이 내려 주민들이 골목에 모아둔 쓰레기를 꽁무니로 던져 넣는다. 천변 노상주차장 앞을 천천히 훑어오는 청소차와 남문여인숙을 나선 커다란발이 오늘도 철물점 앞에서 정확히 만난다.

"아이구, 날이 많이 풀렸습니다."

인부 한 사람이 인사를 건네자, 키도 크고 발도 큰 사내의 얼굴에 웃음이 번진다. 커다란발은 그 큰 발로 인부 둘을 태운 청소차와 속도를 맞춰 걸으며 다시 차에서 내린 인부들과 한분순 여사의 집 앞 쓰레기를 담고, 간판도 없는 카센타 앞에 내놓인 쓰레기 봉지를 청소차로 던져 넣는다. 차는 오른쪽으로 방향을 틀어 노인정 앞까지 속도를 높이다가 정차한다. 인부 둘이 청소차에서 내려 쓰레기봉투더미로 다가간다. 뛰듯 걸어온 커다란발이 무사히 합류한다. 노인정 앞엔 설렁탕집, 오페라모텔, 옛날식당이 내어놓은 쓰레기가 쌓여 있어 청소차의 정차가 가장 긴 구역이다. 다시 두 명의 인부를 태운 차가 이번엔 속도를 내지 않고 커다란발과 속도를 맞추어 나아간다. 네거리에 이르러 로랜드치킨 앞에 놓인 쓰레기를 커다란발이 차로 던져 넣으면 이 한결같은 조력자를 남겨두고 청소차는 다시 속도를 내기 시작한다. 커다란발과 노는 지점은 여기까지라는 양.

커다란발의 하루 첫 산책은 늘 이렇게 시작된다. 이 작은 네거리에서 저를 남겨두고 내빼는 청소차를 따라갈 수도 있고, 저울집 쪽으로 나가 내처 길을 건너 서문시장(이젠 삼겹살 거리가 된, 그러나 몇 군데 오래된 횟집이며 장어구이집이 여전히 남아있지만) 뒷골목들을 천천히 돌다 서문교를 건너가 롤러블레이드를 타는 야외광장으로 내려갈 수도 있고, 가장 가깝게는 꽃집 쪽으로 방향을 잡아 등나무슈퍼를 끼고 가구골목으로 산책을 나갈 수도 있다. 그는 망설임도 없이 청소차가 내뺀 길로 들어섰다. 리듬짝잔발 실버댄스교습소를 지나고 특수클리닝세탁소를 지나와 이중섭 당구장이 봄맞이 당구대회를 연다는 현수막이 걸린 작은 네거리에서 오른쪽으로 방향을 튼다. 지렁이가 한번 꿈틀하듯 휘어진 좁은 골목으로 들어선다. 무너져 내리는 기와집을 지나고 벽이 갈라지고 창이 깨진 지 오랜 적산가옥을 지나 시꺼먼 시멘트 담벼락들이 나타나다가 갑자기 넓어지는 네거리에 이르러 그가 걸음을 멈춘다. 너무나 이상하고 너무나 무서운 굴뚝이 그 앞에 우뚝 솟아 있다. 한낮에도 한기가 드는 이곳은 바로 폐쇄된 목욕탕 뒷마당이다. 지붕 위로 낸 굴뚝이 아니라 마당에서 자라난 굴뚝. 육척이 넘는 장신인 그의 아름으로 네 아름이 넘는 굴뚝 가장 밑단엔 녹이 슨 철문이 하나 있다. 철문이 높지는 않지만 철문위에서부터 시작되는 철 사다리를 오르자면 작은 사다리 하나가 필요한 높이다. 저 철의 사다리에 오르기 위해 목욕탕의 4층 옥상에서 굴뚝까지 구름다리를 만든 것이리라. 철로 된 사다리가 까마득히 솟은 끝까지 놓여 녹물이 피처럼 흘러내린 굴뚝이 무서워 그는 이 골목에 좀처럼 들어오지 않았다. 모든 집들이 등을 돌린 마당에 저 혼자 크고 높은 굴뚝 주위를 이마에 땀이 송송 터질 때까지 그가 빙빙 돈다. 골목들을 걷다보면 무서운 집들이 하나쯤은 발견되곤 했다. 커다란발은 그 집들을 비끼어 걸었지만 하루 중 어느 때라도 다시 와 땅을 꾹꾹 눌러주며 맴돌곤 했다. 오늘은 첫 산책부터 그런 곳으로 접어든 거였다.

한참을 빙빙 돌며 땅을 다지던 커다란발이 왼편 좁은 골목으로 들어선다. 구불구불 120보를 빠져나오면 남부식품, 오거리유통 등의 이름을 달고 식자재를 파는 대형 가게들이 자리잡은 큰 도로를 만난다. 거기서 다시 오른쪽으로 40보를 옮겨가면 신씨 아주머니가 사는 상가아파트가 있다. 상가아파트 옆 전봇대 아래에 놓인 떡볶이리어카를 지나오는 사람을 목격하고는 그가 흠칫하며 골목으로 발을 물리지만 상대방은 손 뿐 아니라 눈도 빠른 이다. 바로 옛날식당 복자씨다.

"아이쿠머니나. 여긴 어쩐 일이우?"

할 수 없이 대로로 나선 커다란발이 주머니에 넣었던 손을 빼어 복자씨 앞에 들이민다. 복자씨가 엉겁결에 장바구니로 받았으나 하얀 종이에 꼭 꼭 싸인 것들이 뭔지를 알 길이 없다. 잘 여며진 비닐봉지 안엔 약 봉지 같은 것들이 가득 차 있다. 이게 뭐유, 묻기도 전에 커다란발은 저만치 걸어가 솥전 골목으로 사라진다. 그리 갈 거면 이 짐이나 좀 들어주지. 참, 별일이네. 이 봉지에 든 게 뭔지는 다음 문제다. 이걸 받은 이 장소로 볼진대 노모를 주라는 건지 저에게 준 건지가 애매하다. 하필이면 오늘이 노모의 생일인 까닭이다. 복자씨가 아침 일찍 노모의 생일상을 차려 함께 밥을 먹고 상가아파트 계단을 내려온 것까지 커다란발이 알 것 같지는 않지만 이 선물이 오로지 제 것인 것 같지가 않은 것이다. 어쨌든 어제와 달리 오늘의 골목은 팽팽하지는 않다. 골목에도 감정이 있다고 생각하는 복자씨가 한껏 부드러워진 길을 사뿐히 밟아 나간다. 오늘은 크게 맘 상하는 일 같은 건 없을 것 같았다.

*

로랜드치킨집 내외가 평소보다 두 시간 일찍 가게로 향했다. 주문 받은 닭 열 마리를 부지런히 튀겨내기 위해서였다. 내외가 바삐 옛날식당 앞을 지나다가 깜짝 놀라 소곤댄다. 금일휴업이라고 내걸린 나무판 탓이었다. 두 사람이 아예 살림을 차린 건가? 무슨 소리. 어젯밤에 커다란발이 살금살금 짐을 다시 옮기던데? 그럼 이마를 싸매고 몸져누운 건가? 이 사람아, 그게 걱정이여 비아냥이여? 그럼 못쓰네. 그나저나 무슨 일로 여인숙에서 닭을 열 마리나 주문을 했다야? 여인숙이 최종적으로 승리를 한 건가? 이참에 잔치를 하려나? 어쩐대, 그럼 옛날식당하고는 아주 틀어질 텐데. 걸음을 옮기는 내외의 말소리가 옛날식당 안에 고스란히 스며든다.

옛날식당 안 테이블엔 로랜드치킨 내외가 수군거린 세 사람(복자씨, 커다란발, 장미씨) 외에도 세 사람(3호 송씨와 주여사, 그리고 오페라모텔 젊은 여자)이 더 치킨집 내외의 은밀한 수군거림을 듣고 있었다. 어째서 이 여섯이 모인 걸까, 궁금하겠지만 우선 상차림을 아니 훑을 수가 없겠다. 앞앞이 놓인 뽀얀 미역국에 큰 접시 두 개에 나눠놓은 잡채가 눈에 띄고 콩자반, 오징어채무침, 깻잎과 같은 묵은 찬 외에 고등어자반 구이와 무생채, 달래무침이 입에 군침을 돌게 하는데, 기도합시다, 하며 시작된 주여사의 기도에 놀라 다들 수저를 들지 못하고 죄인처럼 고개마저 들지 못한 채 기도가 끝나기를 기다리고 있다.

오늘 하루도 일용할 양식을 주시고 좋은 거처까지 마련해 주신 우리 주님에게 이 모든 영광을 돌리옵나이다. 음식을 마련해 주신 옛날식당 사장님과 사장님 덕에 좋은 일자리를 구한 젊은 색시와 옆방에 살며 음으로 양으로 우리 아저씨 이야기를 들어주던 4호 양반과 제 집을 열어 오가는 길손들 을 보듬어 주신 여인숙 사장님과 이제 저와 함께 새롭게 주님의 품에 안길 송길영씨에게도 부디 주님의 바다와 같은 은총을 간구하옵니다. 이 은혜로운 날에 부디 우리 송길영씨와 남문 여인숙 사장님 간에 생긴 오해도 풀리길 간절히 바라오며 주님이 허락하신 이 음식을 감사히 먹겠나이다, 아멘.

덩달아 아멘, 주문을 왼 이도 있지만 대개는 심정이 복잡한 채 깜짝 놀란 마음들을 누르며 겸상을 하였다. 왜 이들이 한자리에 모여 밥을 먹게 되었나 하면, 그건 오로지 복자씨의 어떤 행동 하나 때문이었다. 복자씨가 노모의 집 앞에서 커다란 발로부터 선물을 받고 발걸음도 가볍게 식당으로 돌아오는 길이었다. 흔들흔들 그네를 타고 있던 오페라 색시를 보고 반갑게 손을 내민 것은 무엇 때문이었을까? 복자씨는 오페라 색시를 데리고 식당으로 들어와 우선 뜨거운 숭늉 한 그릇을 냈다. 어째 돌아왔느냐, 남자친구는 왜 같이 안 왔느냐, 밥은 먹었느냐, 물었다. 뒤이어 나이가 몇이냐, 이름이 무어냐를 물었다. 나이는 스물여섯이고 이름은 민지라고 말하는 그 젊은 처자의 목소리가 이상하게도 가슴을 쿡쿡 찔러댔다. 형제는 없느냐 물었을 때 노처녀 언니 하나가 있다는 대답을 들었고 그 언니가 서울에 산다는 정보도 알아냈다. 부모님 얘길 좀처럼 하지 않는 걸 보니 사연이 복잡한 듯 보였다. 복자씨는 식당에서 일을 할 생각이 있느냐 물었다. 아침에 준비해 점심 장사까지만 일을 같이 해주면 복자씨 본인이 숨통이 좀 트일 것 같다고 넌지시 의향을 물었다. 아홉 시부터 두 시까지 다섯 시간만 도와주면 월급으로 120만 원을 주겠다고 했다. 주말 엔 외려 식당 손님이 없으니 가끔 설거지만 좀 도와달라고 덧 붙였다. 편의점 알바보다는 낫지 싶어 그리 말한 거였다. 그랬 더니 젊은 민지가 당장 앞치마를 두르고 뭐부터 할까요? 물 었다. 그래서 밥은 웬만하면 식당에서 먹으라고, 그래야 돈을 좀 모을 수 있을 거라고 혼수 아닌 혼수까지 두었다. 처음 엔 이게 잘하는 일인가 싶었으나, 무언가 이 사람에게 도움을 준다는 생각이 들자 오히려 제 마음이 좋아지는 거였다. 민지 를 시켜 남문여인숙 장미씨와 커다란발에게 아침은 먹지 말고 열 시까지 식당으로 오라고 전갈을 넣었다. 그 와중에 노모 가 말한 두 사람이 식당 안으로 들어섰고, 당장 이사를 하겠 대서, 그리고 그 중 한 양반은 복자씨도 낯이 익은 남문여인 숙 투숙자란 걸 알았기에 이렇게 여섯이 겸상을 하고 아침밥 을 먹게 된 거였다.

"잘 하셨수, 형님."

"이 두 분이 아니었다면 민지에게 뒷방을 내 줄 참이었네."

"아이구, 먼저 댁의 어머니가 신신당부까지 했는디 그럼 안 되쥬."

"찬이 참 정갈하니 맛이 있네."

"그나저나, 달방들도 이젠 포화상태라 말이유. 내가 저 송 어횟집 3층짜리를 아예 싹 신식으로 리모델링을 해서 원룸이라나 그걸 해보까 싶은데."

"참말 그게 좋겠네, 동생."

"비용이 상당히 들터인디요?"

"3호, 아니 송씨 아저씨가 일을 좀 도와주시우."

"그래도 일당은 주셔야지."

"아이구 일당도 안 주고 공짜로 사람을 부릴까? 그리고 우리 3호 방이 비게 되었으니 처자가, 민지라고 했지, 민지가 들어온다면 내 그 방은 방값을 안 받을 생각인데, 어뗘?"

"네? 그렇게까지 할 수는 없…."

"아이구, 그럼 좋지. 소도 언덕이 있어야 비빈댔어. 다른 건 생각지 말고 민지야, 숨을 골라본다, 그 생각만 먼저 해보는 거여. 응?"

"네. 너무 감사해서요."

"그런 맘이면 됐어. 아이구, 좋네. 좋아 죽겠네."

둘러 앉아 식사를 하는 사람들의 복잡미묘한 속내까지는 알 길이 없었지만 시쳇말로 촉이 좋은 사람 축에 든다고 자부하는 옛날식당 복자씨만은 들썩대는 생기를 느낄 수 있었다.

"그럼 자네는 여인숙을 이제 접는다는 거여?"

"아이구 형님. 그냥 갑자기 나온 얘기잖유. 여인숙은 안 그래도 너무 낡았고 좁아서 고치기는 해야 하고, 나중엔 살림집으로나 써야지유."

그러저러한 이야기들을 들으며 커다란발은 오랜만에 마음이 푸근해졌다. 둘레둘레 둘러앉아 모깃불을 피워놓고 멍석 위에서 마당식사를 하던 어린 시절이 문득 떠올라 입가에 웃음이 번졌다.

"그나저나 닭은 열 마리씩이나 어쩐 일로 튀기는가?"

"책방이 견과류를 나눠 주어 잘 먹었는데 우선 책방에 한 마리 주구유, 생각해보니 책방만 줄 게 아니더라구유. 형님네도 두어 마리 드리고, 전기가 고장 나면 봐주는 가포기전도 한 마리 주구, 얘길 들으니 한분순 아주머니도 편치 않다던데 거기도 한 마리 드리구, 이래저래 바쁜 철물점 통장 언니도 한 마리, 고래고래 노랠 불러대도 맘은 순한 상포사 이층 양반도 한 마리 주구, 민수네 목공소랑 꽃집도 줘야지유. 그리고 우리 여인숙에 묵는 손님들에게도 한 마리씩 돌리자 싶었쥬. 남으면 필요한 데에 더 주구 모자라면 더 시키자, 그런 생각이 아침에 퍼뜩 들더라니까유."

"여인숙에 밤새 좋은 일이 있었나보지?"

아이구 형님도. 좋은 일이 뭐가 있을라구, 하며 장미씨가 얼굴을 붉혔다. 덩달아 커다란발의 귓불이 발그레 변한 것을 다른 사람은 몰라도 복자씨는 알아볼 수 있었다. 맛있는 식사와 맛있는 담소는 송씨가 짐을 옮기겠다고 주섬주섬 일어나면서 끝이 났다. 주여사 역시 공원장에 두고 온 짐을 싸야겠다고 뒤따라 나섰고 복자씨로부터 또 술주정을 듣지나 않을까 싶어 커다란발 역시 일어나서 성큼성큼 길로 나섰다. 민지가 커다란 쟁반을 가지고 와 그릇들을 날랐고 그러한 민지가 복자씨는 믿음직스러웠다.

"형님, 이게 뭐유?"

눈이 빠르기론 복자씨 못지않은 장미씨가 옆 테이블에 놓인 비닐봉지를 끌어와 물었다.

"아이구, 아직 나도 뭔지는 모르네. 행운의 선물인가? 그런 건 왜 펴보면 분명 누구에게든 뭔가 선물을 해야 하는 거라믄서? 민지가 그러대."

복자씨의 말에 장미씨가 행운의 선물? 하며 듣기 좋은 말이라는 생각을 하며 입속으로 되뇌었다.

형님, 나 가유, 하고 식당을 나선 복자씨가 정말로 원룸을 들여 봐? 아니면 여인숙을 3층짜리 건물로 옮겨볼까? 그런저런 생각에 골몰하여 걷다가 커다란 배낭을 멘 젊은 남자와 부딪쳤다. 남자가 죄송하다며 연신 고개를 숙여서 괜찮다고,

급한 모양인데 어서 가던 길을 가라고 등까지 떠밀고는 로랜드치킨집 문을 열자 내외가 깜짝 놀라며 허둥댄다. 그러니까 괜스레 남의 뒷담을 하지 말아야쥬, 속으로 나무라고는 복자씨가 치킨 열 마리를 더 튀겨달라고 주문을 넣었다. 내친김에 동네에 닭 잔치를 하자 싶었다. 화물용달 구영감, 등나무슈퍼, 청수공구점에도 한 마리씩 보내고, 가만있자 신진기업은 서너 마리는 가야겠지….

뛰다시피 오페라모텔로 들어갔던 젊은 남자가 망연히 걸어나오는 걸 옛날식당 창으로 민지가 보고 있었다. 젊은 남자가 설렁탕집과 모텔 사이에서 그녀가 어제 그랬던 것처럼 한참을 서 있었다. 그가 노인정 쪽으로 걸음을 옮겼다. 민지가 앞치마 바람으로 뛰어나가 새벽같이 일어나 산골에서 읍까지, 읍에서 이 도시까지 버스를 갈아타고 이제 막 골목으로 돌아온 젊은 남자를 안았다.

"잘 왔어."

그런 젊은 남녀를 연속극을 보듯 몰입하여 보던 복자씨가 앞치마로 눈물을 찍어냈다.

천변 롤러블레이드광장 쪽 하늘로 통합시 일주년을 기념하는 폭죽이 솟구치며 터졌다. 막걸리도 함께 돌리자고 로랜드치킨집에서 등나무슈퍼로 향하던 장미씨와 생일을 맞은 연인

을 불러 집밥을 해주려고 장을 봐오던 철물점 2층에 사는 도
시연구자 정원이 꽃집 앞에서 만났다. 불꽃놀이는 밤에 하는
거 아닌감? 하여간 급햐. 벌써부터 난리네. 두 여인이 북서쪽
하늘로 솟구치는 폭죽을 올려다보았다. 예행연습인가 봐요,
정원이 말을 받자 장미씨가 철물점 이층으로 새로 이사를 오
신 분이로구면, 인사를 해왔다. 정원은 식탁에 놓을 꽃이 필
요했으나 한꺼번에 너무 많은 주민들을 만나기가 아직은 부
담스러워 장미씨에게 목례를 하고는 이내 걸음을 옮겼다. 커
다란 꽃집이 있으니 봄이 오면 이 골목엔 꽃들이 만발하겠네.
여인숙을 지나고 상포사를 지나고 책방을 지나며 그녀가 중
얼거렸다. 잠도 잘 오고 밥도 맛있어, 여기선.

*

신진기업의 열린 창으로 노래가 흘러나왔다. 신진기업이 무
엇을 하는 작업장인지 지숙은 몰랐다. 다만 간간이 들려오는
라디오 소리와 여인들의 웃음소리로 영세한 공장이 아닐까 생
각하곤 했다. 2층 현관 앞 아지트에 나와 간이의자에 앉은 지
숙의 얼굴에 어제의 피로는 보이지 않는다. 오랜만에 잠을 아
주 깊게 오래 잔 뒤여서 몸이 가볍다. 부르르 손전화가 울렸

다. 손전화에 뜬 전화번호는 모르는 번호였다. 지숙이 거절 버튼을 눌렀다.

아참, 선이. 그렇지. 전화를 해야겠네, 하며 그녀가 탁자에 내려놓은 손전화를 든다. 선이는 전화를 금세 받았지만 아무런 말을 하지 않는다. 나중에 다시 할까? 물어도 아무런 대답이 없다. 다만 숨소리. 숨소리에 섞인 미세한 떨림을 감지한 지숙이 집안으로 들어오며 선아, 하며 동무를 부른다.

나도 마음이 무너져 내린 적이 있다는 거 너도 알지? 끔찍하더구나. 이유도 없이 깜짝깜짝 놀라고 아무 것도 아니라는데 분하고 한 번 분함이 올라오면, 올라온다, 이건 네가 자주 쓰는 말이다, 그치? 한 번 올라오면 제어가 안 되는 분노를 나도 안단다. 나를 아끼는 사람들의 말들도 소용이 없고 그 말들을 이상하게 곡해하면서 또 나를 괴롭히고 그랬단다. 마음이 무너졌을 때 가장 힘든 시간이 아침이더구나. 또 하루가 시작되다니. 또 어제의 분노와 절망과 두려움과 맞닥뜨려야 하다니. 그랬어. 너무나 당연했던 일상이 깨지고 조각난 얼음장에 엊어진 채 부유하는 나를 보는 건 정말로 끔찍했어. 내 안에서 움터 나와 순식간에 나를 휘감는 분노를 막지 못한다는 사실이 무서웠어. 선아, 네 머릿속에서 나와야 해. 그런 뒤엔 그냥 걷는 거야. 네 들끓는 심장에서 잠시만 나와 보렴.

두 발을 놀려 산책을 하고 산책을 하다 만나는 것들에 무연히 눈을 주고 그래보자. 바람이 불면, 바람이구나, 하고 자전거가 지나가면 자전거구나, 하고 누가 울면 우는구나, 누가 웃으면 웃는구나, 그렇게 눈을 너에게서 밖으로 돌려놔야 해. 아무리 생각해도 나는 운이 좋았어. 그때 그 시골집을 얻은 건 정말로 행운이었거든. 거의 공짜인데다가 집에서도 가까웠지. 또 운이 좋았다 싶은 건 말이다, 무슨 맘에선지 난 그 집을 일 년 동안 꼭꼭 숨겼단다. 아무도 모르는 나만의 집. 초여름이었던 것도 행운이지. 그 계절은 얼마나 많은 것들이 생동하는 계절이냐! 나는 그저 생동하는 것들을 봐주면 되는 거였지. 딸이나 남편에게도 드러내고 싶지 않은 내 안의 지옥을 그 집에선 눈치 보지 않고 드러낼 수가 있었단다. 그런데 이상한 건 말이야. 그 집에서 나는 그 지옥을 거의 잊고 지냈다는 거야. 그냥 마당에 피어난 싸리꽃을 보거나 개울에 자라난 미나리를 뜯거나 논두렁을 걷거나 그러는 것으로도 지옥은 사라지더구나. 애써서 뭘 한 것도 아닌데 말이야. 뜰에 앉아 마당에 드는 볕을 바라보는 것으로도 하루가 지나더구나. 저녁이면 외딴 그 집은 좀 무서웠고 나는 도망치듯 귀가했지. 귀가해서는 내일이 또 있으니까, 아무 것도 안하고 구경만 해도 좋은 내 마당이 있으니까, 하며 일찍 잠자리에 누웠지. 마음이 아프면 그 아픈 맘에 자꾸만 집착을 하게 되잖니? 그걸 막는 좋은 방법이 잠을 자는 거더구나. 그렇게 지내다 보니까 어느 날부턴가는 하루가 시작되어도 참을만하더구나. 이 하루를 어떻게 견딜까, 하며 끔찍해하던 그 아침이 아닌 견딜만한 아침이 오더구나. 그때부터였던 것 같아. 그 집에서 나는 정말 잘 놀았던 것 같아. 내가 잘 노는 만큼 조각났던 마음이 붙더구나. 어느 구석이 어떻게 붙는지도 보이더라. 정말 묘했어. 아주 새로운 패턴으로 일상을 꾸려갈 계획까지 생기더구나. 그저 놀기만 하지 말고 이 느낌들을 글로 남겨야겠다, 그런 마음이 생겨난 거야. 다 운이 좋아서였을 거야. 한여름을 보내고 가을이 되자 나는 정말로 감사한 마음까지 생겨났단다. 마을 할머니들과 메뚜기를 잡아 삶아 말리다가도 책상으로 뛰어가 글을 썼지. 잠자리떼를 구경하다가도 잘 익어가는 호박을 보다가도 밤송이를 줍다가도 글로 달려가더구나. 여름내 잡풀로 우거졌던 제법 너른 밭을 마을 이장 할아버지가 갈아주었을 때도 그 정갈한 밭이랑을 보면서도 마음은 더욱 단단히 붙더구나. 너도 알다시피 내가 거기에 마늘을 심었지. 무려 다섯 접이나 심었으니 나에겐 큰 농사였는데 그래서 몸이 고단했는데도 말이야, 모든 것에 신명이 나더라. 내 안으로, 특히 나의 좁고 어두운 안으로만 파고들던 눈이

내 앞에 있는 것들을 보기 시작해서였겠지? 선아, 내가 지금 너에게 정말 꼭 하고 싶은 말은, 너에게로만 향해진 너의 눈을 너의 아프고 어두운 곳에서 밖으로 돌리라는 거야. 그런데 그건 생각보다 퍽 힘이 드는 일이긴 해. 그래서 내가 너에게 힌트를 주고 싶어서. 선아, 생각이란 걸 굴리지 말고 딱 정지를 시키고 무조건 걸어보는 거야. 그냥 걸으렴. 몸을 움직여 너의 모든 감각을 죽이는 그 좁고 나쁜 눈을 너에게서 빼어내. 그러자면 몸을 움직여야 해. 청소 같은 것에 몸을 움직이지 말고 그냥 걸어. 등산 같은 것 말고 그냥 발만 움직여서, 지독하게 굳센 생각을 끊고 그저 걸었으면 해. 따뜻한 외국으로 열흘 쯤 나갔다 오는 것도 좋겠다. 많이 걸을 수 있는 곳이라면 더 좋겠다. 하지만 이것도 일이 되어선 곤란하지. 너의 집 근처에 천이 있다고 했지? 천변 산책로도 좋다고 했지? 우선 거기에 너를 놓아봐. 걷는다는 생각도 말고 시간도 정하지 말고. 선아, 우리 동네에 하루 종일 걷는 남자가 있어. 가끔 그이와 마주치면 이런 생각이 들더구나. 아, 참 많이 마음이 찢어졌던 분이구나. 그런데 어떻게 저런 믿음직스런 산책자가 되었지? 선아, 나 역시 다시 마음이 무너지기도 해. 하지만 다시 또 일어설 수 있다는 자신이 있어. 겪었으니까. 하나를 완벽하게 버린 기억이 다시 걷게 하더구나. 그 하나가 뭐

냐면 바로 나에게로 향하는 아주 지독한 그 눈이었거든. 너는 이번에 아주 잘 넘어진 거야. 크게 넘어졌으니 훨씬 믿음직스럽게 일어설 거야. 잘 겪어내고 있으니까. 몸을 움직이게 되고, 그게 좀 편해지거든 우리 동네에 한번 오려무나. 같이 걷자. 언제고 기다리고 있을게. 이 전화가 끝나면 다시 우울한 네 속으로 들어가지 말고 일어나 점심을 만들기를 바라. 뭐를 먹을까? 어떻게 해 먹을까? 그런 것에 네 마음이 옮아갔으면 좋겠어. 그리고 무조건 너를 믿어주었으면 좋겠어. 아무것도 하지 않아도 너는 거기에 잘 있다는 걸 믿기를 바라. 어제 전화 못 받아서 미안해. 자주 전화해줘. 다음엔 놓치지 않고 받을게. 선아, 내 말 듣고 있지?

동무에게선 아무런 대답이 없다. 이만 끊을게, 하며 지숙은 동무의 기척을 살폈지만 동무는 역시 대답을 주지 않는다. 그러나 전화를 끊지는 않는다. 선아, 나 점심 만들 건데 너도 점심 먹어야지? 우리 점심 맛있게 먹자. 그래도 전화는 여전히 끊기지 않는다. 선아, 우리 또 통화하자. 안녕, 하자 그제야 전화가 끊긴다. 입 밖으로 아무런 소리도 낼 수 없을 때가 있다. 그 고통을 지숙 역시 겪은 적이 있다. 그러나 마음이 아픈 동무가 지숙의 말을 굉장히 열심히 들어줬다는 느낌은 분명했다.

기분은 날씨와 같은 것이고 마음은 일종의 기후와 같은 것이라고 지숙은 생각한다. 기후 아래에 날씨가 있는 것이다. 기후가 확 바뀌었는데 날씨가 예전 같지 않다는 말은 하나마나한 말일 뿐이다. 긴 패딩점퍼를 걸치고 커피 한 잔을 타서 지숙이 다시 현관을 나선다. 이웃들과 한집처럼 가까워 서로의 소리들이 섞이는 곳에 다시 나와 앉았다. 천변을 바라보며 뜨겁고 달콤한 커피를 마신다. 기분이 약간 상승한다. 마주보이는 철물점 이층 현관 안에도 기후가 달라졌을 것이다. 가볍게 통통 튕겨지는 남녀의 목소리가 전해오는 음파도 지숙의 기분을 상승시킨다. 그러나 이것으로 '기후와 날씨'를 얼마나 더 섬세하게 풀어낼 수 있을까? 의구심은 여전하다. 사례들을 모으는 중이라고 스스로를 위로하며 커피를 한 모금 더 마시고는 담배를 빼문다.

기하학과 섬세. 새로운 쌍이 또 부상한다. 파스칼이었나? 잘 기억이 나지 않는다. 무슨 내용이었던지는 더더욱. 기하학과 섬세란 말을 만나게 한 그 정신이 새롭게 다시 궁금할 뿐. 지숙이 늘 주머니에 넣고 다니는 작은 수첩을 펼친다. 연대기와 기상학. 수첩의 이 면(面) 역시 텅 비어 있다. 그러나 어느 책에서 보고 기록한 건지 기억할 수 있다. 미셸 투르니에의 『상상력을 자극하는 110가지 개념』에서였다. 쥘 베른의 『80

일간의 세계일주』의 주인공인 '살아 움직이는 시계' 라는 평판을 받는 필리에스 포그는 엄청난 금액을 건 세계 일주에 나섰는데 연대기의 화신인 그가 세계 일주에 81일이 걸려서 파산할 지경에 이른다. 그러나 포그는 사실상 내기에 이겼다. 지구가 서쪽에서 동쪽으로, 태양과 반대방향으로 도는 까닭에 24시간을 벌 수 있었기 때문이었다. 지숙은 칸트까지 인용한 투르니에의 해석이 인상 깊었지만 그러면서도 미진했다. 그녀는 80일 중에 어느 날이 통째로 순식간에 사라진 건지, 아니면 조금씩 사라져 하나의 날짜가 된 건지 궁금했으며 그 사라진, 기록되지 않은(아니 기록되었으나 누락되어야 하는) 추상의 24시간에 맘이 끌렸다. 어째서 이런 쌍의 조합에 맘이 자꾸만 끌리는 걸까? 둥그런 이 느낌은 무엇일까? 고착되지 않고 움직임으로써 묘한 뉘앙스를 주는 말들이 그녀는 좋았다. 오랜 시간 붙잡고 늘어질 수 있는 낱말이랄까 상념이랄까, 그런 게 그녀는 좋았다.

그녀는 엄마의 월남치마를 몰래 입어보던 꼬마 적부터 부인(婦人)이 되고 싶었다. 하루빨리 자라서 새참광주리나 막걸리 주전자를 든 부인이 되고 싶었다. 그런데 이미 원숙한 부인이 되었지만 손톱으로 할퀴고 긁어 생채기나 내는 이 손엔 아무것도 들려 있지 않다. 긴 뜰채를 쥔 손이라면 얼마나 좋을까!

미궁에 깊이 빠진 제 상념이나 낱말을 건져 올려 반짝반짝 윤을 내는 에세이적 부인은 이제 꿈에 불과한 걸까? 지숙이 뭉툭한 제 손에서 시선을 거두어 다시 천변으로, 천변에 심긴 나무들로, 정면에 보이는 나무로, 그 아래 놓인 벤치로 옮긴다. 어제처럼 저 의자에 누가 와 앉을까? 날이 아직 찬데 과연 앉아줄 사람이 있을까? 저 의자에 앉아서 과연 이쪽을 바라봐줄까? 의심하며 자신을 바라봐 줄 누군가를 기다리며 식은 커피를 들이켠다.

이렇게 내내 비어 있을 거라면 하늘의 가운데에 이른 저 태양이라도 내려와 앉기를! 그녀의 기다림이 극에 이른 정오. 비어있는 벤치를 향해 큰 걸음을 옮기는 행인이 있다. 믿음직한 걸음을 가진 그다. 쉬지 않고 걷기만 하는 사람이니 지나치기 십상이겠구나. 마음을 졸이며 그가 떼놓는 발걸음을 살피던 그녀의 얼굴에 웃음이 감돈다. 의자 가운데에 앉아 가만히 이쪽을 바라보는 그를 향해 지숙이 크게 양팔을 흔들 참이다.

해바라기 씨앗*

　컴컴한 우체국 복도를 지나며 여자는 다시 어두워진다. 먼저 도착해 모녀를 기다리던 남편이 복도 끝 높다란 문 앞에서 손을 흔든다. 문을 밀고 그들이 우체국 안으로 들어간다.

　환하다. 그러나 햇살 같은 따뜻한 환함이 아니다. 높은 천장에 세 줄로 늘어선 전등에서 쏟아지는 빛은 환하지만 조금 차갑다. 이 한 겹 차가움은 그리움의 온기를 유지하는 기가 막힌 트릭이다. 그 도시의 우체국도 풍경이 이랬다. 높은 천장, 지나치게 단정한 실내. 그 안에서 엽서를 사던 사람들. 선 채로 급히 써내려가던 안부들. 몇은 국제전화를 걸기 위해 좁다란 부스로 들어갔었지. 돌이켜보니 우체국은 어디고 늘 이랬다.

가방에서 책 두 권을 꺼낸 남편이 우편업무 창구로 걸어간다. 우체국 금융업무 코너는 우체국답지 않아. 아이의 손을 잡은 여자가 아이의 귀에 대고 속삭인다. 아이는 잠깐 인상을 찌푸린다. 소리와 함께 불어온 엄마의 입 바람이 조금 불편하다.

요즘 아이는 외부의 자극에 예민해져 있다. 지난 달 초경이 있은 뒤 일어난 변화다. 엄마의 작은 입 바람에도 깜짝 놀라는 스스로가 얼마나 난감하랴만 훗날 이 시기를 축복이라 여길 게 틀림없다고 여자는 그저 웃는다.

등기 영수증을 쥔 남편의 손에 아이의 손이 옮겨간다. 이번엔 여자가 창구로 가서 우편엽서 한 장을 구입한다. 부녀는 소파에 앉아 잡지책을 뒤적거리고 있다. 여자는 스탠딩 테이블 앞에서 먼 추억을 끌어와 엽서를 쓴다.

사사하 여사님, 흐린 날씨 탓을 하며 저는 다시 또 심란함에 빠져버리고 말았습니다. 이 즈음엔 더더욱 당신의 환한 미소가 그립습니다. 요꼬는 잘 있는지요? 방진복을 입고 마스크를 쓰고 수업을 받고 있는 아이들 사진을 보고 마음이 또 무너졌습니다. 요꼬의 해맑은 웃음도 마스크에 가려졌을 테지요. 여사님 가족들과 보낸 그해 여름은 너무나 황홀했습니다. 우리 가족은 어제인 듯 그때를 돌이켜 추억하곤 합니다.

힘든 나날을 보내고 있을 여사님 가족들에게 아무런 도움이 못 된다는 자괴감이 저희를 괴롭히고 있습니다. 그렇지만 언제나 생기 가득했던 당신을 떠올리며 좋은 마음의 상태를 유지하려고 애쓰고 있습니다. 불운이라고 말하기도 가당찮은 엄청난 재앙 앞에서도 손녀 요꼬를 위해, 수많은 요꼬들을 위해 당신이 심는 해바라기 씨앗을 조금 부쳐드립니다.

여사님, 여사님과 말이 지극하게 통할 때도 좋았지만 말없이 오감에 의지하여 서로를 알아가던 때의 감동을 저는 여전히 기억하고 있습니다. 아드님 내외의 다정함 역시 우리들 마음에 살아 있습니다. 부디 건강해 주세요.

여사님, 우리는 당신이 심는 이 해바라기 씨앗의 힘을 믿습니다.

*

연우는 소포를 꾸리고 택배 상자에 주소를 쓰느라 부산한 사람들 틈에서 생각에 잠겨 한 손을 턱에 괸 채 느릿느릿 엽서를 쓰는 엄마를 바라본다. 이 도시에 살고 있는 주민이 아니라 잠깐 머무는 여행객 같다고 느끼며.

엄마는 우체국에선 우체국에서의 자세를 지녀야 한다고 말하곤 했다. 일부러라도 설레어야 한다며 그리움의 파도를 두려워하지 말라고도 한다. 엽서를 쓰는 엄마의 얼굴에 어리는 저 빛깔이 그리움의 빛깔인가보다고 연우는 생각한다. 하지만 낯설고 불편하다. 금방이라도 울음이 터질 것 같은 목을 가만히 쓰다듬자 아빠가 어깨를 감싸며 게임을 시작한다.

"어딘가에 엽서를 쓰는 그녀의 작은 손."

"조용필 아저씨."

아빠가 엄지를 들어 올리며 상냥한 말소리로 소곤거린다.

"아주 여러 해 전 바닷가 어느 왕국에 당신이 아는지도 모를 한 소녀가 살았지요 그녀의 이름은···."

"애너벨 리. 포 아저씨."

"정답!"

*

그들이 우체국을 나선다. 그들은 언제나 우체국 후문의 컴컴한 복도로 들어와 정문으로 나가는 방식을 택한다. 정문을 열고 나가면 바로 성안길이다. 말하자면 여긴 서울의 명동쯤에 해당하는 곳이다. 식민지 시대의 말을 그대로 빌어쓰면 본정통. 중심이다. 보편화된 화려함의 극치. 부부는 이 정문을 나설 때 상체를 약간 앞으로 숙여 맞부딪쳐 오는 바람이나 빛을 뚫고 나가지만 연우는 어깨가 뒤로 펴지며 꼿꼿한 자세가 된다. 연우의 얼굴엔 어쩔 수 없는 생기가 돌고 몸은 활짝 열리고 맘이 풀린다.

도시의 공기가 연우에게 확실하게 자유를 주고 있다. 터질 듯 부푼 연우는 소음 속으로 가볍게 스며들어선 여기저기 쇼윈도를 기웃댄다. 부모가 아니라 제 동무들과 나온 거였다면 한참 신이 나서 서로를 괜히 툭툭 치며 일부러 길을 잃기도 하리라. 저 앞으로 뒤뚱대며 걸어가는 꼬마애의 손에서 막 빠져나간 저 노란풍선처럼 두둥실 날아갈지도 모르겠다는 양 북새통 속에서도 저에게만 눈을 고정한 채 바삐 뒤따르는 부모를 그러나 아이는 따돌리지 않는다.

그들은 풍성하고 들뜨고 세련된 쇼윈도들을 지나쳐와 한 쇼윈도 앞에 머문다. 새단장을 하는지 그 안이 텅빈 쇼윈도 앞에 연우가 멈춰 서자 부부도 걸음을 멈춘다. 세 식구 곁에 사사하 여사와 여사의 손녀 요꼬의 모습이 흐릿하게 어린다.

* 해바라기는 방사성물질을 흡수한다고 알려져 있다.

발자국

열여덟 살 고교생 오시로는 오늘도 어김없이 아카미네 역에서 모노레일에 올랐다. 오후 네 시 반이었다. 도시의 상공을 나는 듯 달려가는 이 모노레일은 마츠모토 레이지의 만화를 연상시킨다. 긴 금발을 지닌 메텔이나 온몸을 제복으로 다 가린 차장도 없는 겨우 두 량짜리 기차지만 모노레일을 타는 순간 오시로는 호시노 데츠로가 된다. 키도 훨씬 크고 나이도 많지만 어머니를 여읜 소년이란 점에선 호시노와 오시로가 정확히 같다.

공항역에서 출발한 기차가 종착지 수리성역까지 도달하는 데엔 30분이 채 걸리지 않는다. 15개의 역을 가진 이 기차노선을 이용하는 사람들은 주로 여행객들이지만 시민들에게도 중요한 발이어서 조금은 낭만적이고 조금은 우울한 기차는 언제나 붐볐다. 오늘도 역시 그랬다. 몇몇 서양인들이 섞이어 있었지만 대부분이 한국관광객이었다. 국제거리에 있는 규모가 큰 이자까야에서 알바를 하는 오시로는 몇 개의 한국어를 기억하고 있다. 고마워요. 잘 먹었어요. 귀여워요.

오시로는 언제나 열차의 맨 앞 칸에 타서는 기관사 바로 뒤에 서곤 하는데 그러면 마치 자신이 기차를 운전한다는 생각이 들곤 했다. 그 생각에 빠지면 어느 순간 기차는 레일을 벗어나 저 하늘로, 하늘 저 너머로 달려가곤 한다. 기차를 몰고 안드로메다의 한 행성으로 가는 상상에 빠졌던 오시로는 약간의 소란 때문에 환상에서 빠져나왔다. 그의 눈에 고교생으로 보이는 아이들이 들어왔다.

삼삼오오 모여 있던 아이들은 관광객들의 말에 귀를 쫑긋 대고 있었다. 원하지 않는 여행이 길어진 건지 눈물까지 글썽 댔다. 한 번도 외국엘 가본 적이 없지만 낯선 외국에서 듣게 될 모국어가 감동적일 거라는 건 충분히 알 수 있었다. 고마워요, 안녕하세요, 귀여워요로 말해지는 모국어 앞에서 눈물이 날 수도 있겠다 싶었다.

츠보가와역에서 여행객을 따라 내린 아이는 셋이었다. 다음 역인 아사히바시에선 두 명이 한국관광객을 따라 내렸다. 현

청역에서는 열 명쯤 되는 아이들이 관광객을 따라 떼로 내렸고 미에바시에서는 네 명이 더 내렸다. 오시로가 내리는 마키시역에서도 열 명 가까운 아이들이 내렸는데, 아직 기차에 남아 있는 서너 명은 아마도 아사토역에서 내리게 될 거였다. 아이들이 여행객을 따라 내린 역 주변엔 여행객들이 주로 묵는 호텔이 밀집해 있다. 오시로가 그들을 유심히 본 것은 공원역을 지나 츠보가와역에 기차가 정차했을 때였다. 아이들이 내리고 남은 자리에 고여 있는 물 때문이었다. 화창하게 갠 날씨였기에 그는 조금 이상한 맘이 들었던 것이다.

따뜻한 곳이지만 지금은 1월, 가장 추운 달이다. 해수욕장도 문을 닫는 철이다. 왜 물에 젖은 채 기차를 탄 걸까? 단체로 수학여행을 왔나? 아니야, 그렇다면 한 역에서 내렸겠지. 물놀이를 어디서 했을까? 천에서 물놀이를 한 걸까? 하긴 겨울에도 외국인들은 반팔로 씩씩하게 다니니까. 그래도 뭔가 이상한 점은 있어. 뭐라 딱 꼬집어 말할 순 없지만….

생각에 잠기면 걸음은 저절로 느려진다. 마키시역에서 내려 국제거리로 들어서는 초입엔 작은 공원이 하나 있다. 오시로는 공원 화장실엘 들러 볼 일을 본 뒤 잠깐 주위를 두리번거린다. 공원엔 새끼고양이 두 마리가 누군가 놓아둔 음식을 먹고 있을 뿐 고요하다. 북적대는 거리에 있으면서도 이 공원은 늘 이처럼 한산해서 일을 시작하기 전에 오시로가 잠시 숨을 고르는 곳이었다.

숨고르기가 길었나 보았다. 다섯 시를 넘겨 이자까야 소(笑)에 도착하였으므로 오시로는 더욱 몸을 부지런히 놀렸다. 유이는 벌써 거리로 나간 모양이다. 다섯 시부터 아홉 시까지 같은 학교에 다니는 두 고교생 오시로와 유이는 이자까야 '소(笑)'에서 아르바이트를 한다. 오시로는 류큐 원주민이고 유이는 아버지가 미국인인 혼혈이다. 두 고교생은 둘도 없는 친구다. 유이의 키가 오시로를 앞지르기 시작했지만 두 마음의 키는 여전히 같았다. 그 동등한 마음이 부추겨 서너 달 전부터 조금씩 친구 이상의 단계로 나아가는 참이다.

유이가 친구로 보이는 네 명의 여행객을 데리고 홀(hall)로 들어서며 오시로에게 반가운 눈인사를 건넨다. 여행객의 착석까지 도운 유이가 호객을 위해 다시 밖으로 나가고 오시로가 메뉴판을 들고 테이블 앞에 선다. 고교생으로 보이는 여학생 셋과 남학생 한 명에게 메뉴판을 넘겨준 뒤 주문을 기다린다. 맛있겠다. 고레, 고레, 고레, 하며 여학생들이 귀여운 웃음을 터트린다. 고마워요. 짐작대로 한국인 여행객이다. 그들이 고른 메뉴는 모두 오키나와식 로컬푸드였다. 고야찬프루(두부와 채소를 이용한 볶음요리를 찬프루라고 부른다. 고야를 넣고 볶은 고야찬프루는 오키나와 가정식의 대표적 음식이다), 데비치 조림(돼지족발을 장시간 삶아 부드럽게 만든 류큐 요리), 토후요(두부를 오키나와 전통주 아와모리에 발효시켜 만든 요리로 치즈 맛이 난다)였다. 주문한 음식이 나온 뒤 그들은 다시 열심히 상의를 하더니 주시(돼지육수와 기름을 사용한 오키나와 영양밥. 물 대신 다시마 국물로 물을 잡는다)를 추가로 주문했다.

눈병이 났는지 한쪽 눈에 안대를 한 단발머리소녀는 오키나와 전통음식이 입에 잘 맞는 모양이었다. 큰 키에 짧은 커트머리를 한 소녀는 맥주를 더 즐겼고 그 소녀를 흐뭇하게 바라보는 포니테일 스타일로 머리를 묶은 소녀는 음식을 깨작거렸으나 얼굴엔 웃음이 가득했다. 덩치가 큰 남학생은 두루두루 챙기며 즐거워했으나 덩치에 비해 입이 짧은 편이었다.

일곱 시. 드디어 스카이와 쇼의 공연이 시작되었다. 산신[三線]을 연주하며 노래를 부르는 스카이는 제 이름처럼 '맑은 바다' 같은 목소리를 지녔다. 북을 치는 쇼는 마른 몸을 지녔는데 바람을 가르는 날갯짓 같은 동작으로 흥을 돋운다. 오시로가 '소'의 피크타임 네 시간 동안 알바를 하는 것은 할머니에게 도움을 주고자하는 뜻 외에도 저 두 형들처럼 악사가 되고 싶은 까닭이 있어서다. 오시로는 북을 치고 유이는 산신을 연주하는 혼성 듀엣을 두 친구는 꿈으로 지니고 있다.

공연이 막바지를 치달을 때였다. 테이블마다 손님들이 일어나 빙글빙글 원을 그리며 흥겨운 연주와 노래에 맞추어 춤을 추던 그 때, 오시로는 네 친구의 뒤를 졸졸졸 따라 움직이는 그들을 보았다. 아이들이 디디는 걸음마다 물발자국이 찍혔다. 기차에서 만났던 아이들이 틀림없었다. 오시로가 잠시 화장실에 다녀 온 사이 네 친구는 보이지 않았고 플로어엔 물자국만 남아 있었다.

4시간의 알바를 마친 오시로는 국제거리 뒷골목에 사는 유이(그가 타고 다니는 모노레일 이름과 같은 이름이었다!)를 바래다주고는 마키시역으로 향했다. 땅바닥을 유심히 보며 내내 생각해보지만 물발자국을 남기고 돌아다니는 아이들에 대해 전혀 짚이는 바가 없다. 유이에게 물어볼 걸 그랬나? 아니다. 내가 상상력이 너무 지나치다는 애길 또 들을지도 몰라. 오늘은 어째서 내 맘이 이렇게 슬프지?

집으로 돌아가는 기차를 타서도 오시로는 내내 바닥을 살피다가 아카미네역을 지나쳐 공항역까지 갔다가 다시 돌아와야 했다. 집 앞에서 다리를 절룩대는 강아지를 만났는데 괜히 빽— 소리를 질러 강아지를 놀래켰다. 강아지에게 화가 난 것

은 아니었다. 귀가가 늦어져서도 아니었다. 무엇 때문에 화가

나는지 몰라서 단지 조금 서러웠다.

나랑 악수할래?

지나치게 문이 많은 집이다. 나란히 붙은 세 개의 나무문 중에 가운데 문이 열리며 소녀가 복도로 나왔다.

"엄마, 나랑 악수할래?"

화장실에 다녀오며 보현이 손을 내밀었다. 보현은 눈만 마주치면 손을 내밀며 악수를 청했다. 지숙이 그 손을 잡는다. 아이의 손은 따뜻하다. 보드랍다. 가늘지만 팽팽하다.

내부계단이 있는 이층집이다. 아래층 위층에 방이 일곱 개나 되는 집이다. 지나치게 많은 문과 지나치게 많은 화장실과 지나치게 많은 전등과 지나치게 많은 방들에 비해 이 집 식구는 단출하다.

겨울은 벌써 갔지만 이집 식구들은 여전히 춥다. 그가 다시 찾아왔기 때문이다. 지숙과 경태가 보현을 데리고 아무리 집을 옮겨도 그는 이 가족이 사는 집을 찾아냈다. 찾아내면 막무가내로 눌러앉았다. 지난 겨울에도 겨우내 들어와 살며 이 가족의 상상력을 냉동시키더니 이 봄에 다시 찾아든 것이다. 아주 작은 낌새만 보여도 그는 어김없이 쳐들어온다.

순식간에 보현의 손이 파리해진다. 온기를 빼앗은 미안함으로 지숙의 낯이 붉어진다. 아이의 손을 놓으며 지숙은 휴대용 가스버너에 불을 켠다. 제가 빼앗은 온기를 아이에게 약간이라도 되돌려주려는 참이지만 아이는 제 방으로 들어가고 만다.

창밖엔 벚나무 잎이 바람에 흔들린다. 꽃은 너무 일찍 폈다가 이내 졌다. 올 봄, 순서도 없이 꽃들이 피어났다. 개나리와 벚꽃과 목련이, 진달래와 철쭉이 갑자기 한꺼번에 피어났다. 이상한 일이었다. 지숙은 불볕의 여름을 나는 양 늘어졌으나 다행히 경태는 씩씩했다. 고등학교에 진학한 보현 역시 새로움이 주는 긴장과 설렘의 파도에 알맞게 제 몸을 맡긴 듯했다. 이 참에 급우의 이름을 다 알아야겠다며 들떠서 제주도로 수학여행을 다녀왔다. 수학여행이 전면 금지되기 전이었다.

고등학교에 입학하자마자 보현은 집을 떠났다. 아이가 없는 집은 쓸쓸하고 적막했다. 아래층을 차지한 경태와 위층에 남겨진 지숙은 한꺼번에 다투어 피어난 꽃들을 보는 내내 불길했다. 그럴 때면 지난 겨울의 맹렬한 한기에 휩싸이곤 했다.

"내일은 학교에 가야겠어. 일단 중간시험은 보고나서 결정하기로 해."

이 집의 가장 안락한 방이 슬쩍 드러난다. 그 방엔 기타가 있고 오디오가 있다. 무엇보다 따뜻한 햇살이 있다. 그 방 말고도 이 집엔 방이 여섯 개나 더 있지만, 그가 모두 차지해버려 들어갈 수가 없다. 그가 나타나면 세 식구는 집의 가장 밝고 따뜻한 방에 모여 함께 지냈다. 내부계단으로 연결된 아래 위층을 독채로 쓰고 있어도 불청객이 찾아온 지금, 이들 생각의 넓이는 저 작고 아담한 방에 국한되었다. 그 방의 문이 다시 닫힌다.

지숙은 휴대용 가스버너 위에서 끓고 있는 물을 커피 잔에 붓는다. 이제 가스불은 꺼진다. 서양단풍나무로 만들어졌다는 탁자 위에 커피 잔이 놓인다. 그가 단풍나무 탁자와 유백의 잔에 기웃대지만, 단풍나무 탁자도 커피 잔도 아직은 그가 아닌 그녀에게 봉사한다. 불청객만 가준다면 지숙은 해동이 될 것 같다. 그러면 생각이란 걸 할 수 있을 것 같다. 하지만 절대로, 절대로 그는 그냥 가는 법이 없다.

바짝 다가선 그를 외면하며 지숙이 다시 휴대용 가스버너에 불을 켠다. 냉장고를 열어 손질해 놓은 닭을 꺼내어 솥에 안친다. 황기와 오가피를 우려낸 육수를 붓고 마늘 한 줌을 함께 넣는다. 대파를 쫑쫑 썰어 밀폐용기에 담아둔다. 오늘 이 집의 점심 메뉴는 닭백숙이다.

*

경태는 최선을 다해 가장의 역할을 해왔다. 지숙과 혼인하여 보현을 낳았을 때 그는 저를 빼박은 아이의 코를 보며 굳은 결심을 했다. 무슨 일이 있어도 일정한 거주지와 일용할 양식을 확보하겠다는 다짐이었다. 작고 볼품없었어도 함께 밥을 먹고 잠을 잘 수 있는 집이 있었다. 자주 이사를 다녔지만 세 식구가 거리로 나 앉은 적은 없다. 지금은 세 식구가 살기엔 지나치게 큰 집에 머물고 있다. 이러한 정주(定住)는 순전히 보현이 덕이었다. 보현이가 없었다면 세상의 우편물을 받을 주소 따위가 꼭 필요한 건 아니었다.

어둡고 축축한 반지하방에서 갓난쟁이 보현인 아토피와 천식에 시달렸다. 가족에 막무가내로 틈입해 들어온 불청객 덕에 경태는 생의 안온함과 난폭함을 대비시킬 수 있었다. 낮도 밤 같은 방에서 아이는 낮밤을 바꿔 살았고 아내는 늘 잠이 모자랐다. 아이와 아내 모두에게 경태의 도움이 절실했을 때 마침 경태가 실직했으므로 부부는 대도시를 뜨기로 했다. 새롭게 정착할 곳을 서너 곳 정해놓고 길을 나섰다. 아이를 유난히 이뻐한 마을이장의 도움으로 빈집을 세내어 3년을 살았다. 그들은 텃밭을 일궜고 마을 일을 도우며 시골에 적응했다. 아이의 아토피와 천식이 거짓말처럼 나았다. 그러나 꿈같은 시절은 지속되지 않았다. 신도시개발 붐이 일자 집주인은 더 이상 세를 놓지 않았다.

부부는 제법 단단히 여문 보현을 데리고 인근 소도시로 다시 이사를 했다. 작은 가게를 하나 얻어 책방을 차렸다. 다른 수완이 없어 연 책방이었지만 그럭저럭 먹고 살 만큼은 돈벌이가 되었다. 만약을 위해 여퉈둔 비상금이 없다는 게 불안하기는 했어도 부부는 아직 젊고 씩씩했다.

경태는 책방에 몇 개의 모임을 꾸렸고 지숙은 글을 쓰기 시작했다. 점점 아이와 떨어져 있는 시간이 늘어났지만 그건 아이의 사회성을 위해서 일부러라도 그렇게 해야 할 일이었다. 어린이집에 유치원에 그리고 마침내 학교에 보현을 맡겼다.

몇 번의 이사가 더 있었다. 아이는 커갔고 부모는 늙어갔다. 커감도 늙어감도 비용이 필요했다. 그 비용을 감당할 사람은 경태 자신이었다. 그리하여 다시 시골로 터를 옮긴 건 비용절

감을 위해서였다. 경태는 외양간이 딸린 시골집에 부모를 모셔왔다. 방을 네 개나 가진 개량된 농가주택은 다섯 식구가 살만한 곳이 분명했고, 게다가 덤으로 얻은 외양간은 부부의 훌륭한 작업장이 되는 듯했다. 그곳이 한 해도 못 넘기고 헐릴 줄은 몰랐다. 달동네의 누추를 막 벗은 부모의 몸에 그토록 빨리 병이 들어설 줄도 그는 정말이지 몰랐다.

보현이에게 초경이 비치던 그해 겨울, 경태와 지숙은 다시 인근 소도시로 나왔다. 남겨진 병든 부모가 애처로웠지만 어쩔 수 없다고 생각했다. 중학교 진학을 앞둔 보현을 먼저 생각해야 했다. 몸과 정신의 폭발을 경험하는 보현을 살피고 다독이는 일이 먼저였다. 그것은 그가 잊고 있던 생기를 불러냈다. 그는 다시금 생의 희망을 품었다. 아이를 먹이고 가르치는 것이 부모의 임무였고 맘속에 품은 덜 절박한 제 소망들을 기꺼이 뒤로 미뤘다. 부모라면 누구라도 응당 그러하듯이 자식이야말로 그들의 기준이었고 힘의 원천이었다. 하여 경태는 성실하게 자전거 페달을 밟았다. 넘어져도 재빨리 툭툭 털고 일어섰다. 그 날도 그랬다.

도서관 1층 마당에 심긴 댓싸리가 흔들흔들 바람을 타는 걸 곁눈질하며 경태는 열댓 명의 독서회원들과 일 년치 커리큘럼을 짜고 있었다. 어디든 불러준다면 무엇에든 소용이 된다면 그는 자전거를 타고 그곳으로 달려갔고 일이 주어지면 그 일을 기쁘게 받아들였다. 그래야 아이를 키울 수 있는 울타리가 유지되는 까닭이었다. 그렇더라도 조금만 방심하면 잘 숨겨둔 저만의 소망들이 고개를 내밀곤 했다. 댓잎을 흔드는 바람에도 마음이 흔들렸다. 그 날도 그랬다.

독서목록이 얼추 정해질 무렵 휴대폰이 부르르 떨렸다. 열댓 명의 휴대폰이 동시에 울린 듯한 착각이 든 것은 결코 착각이 아니었던 모양이었다. 무심코 받은 전언에 도서관 세미나실은 삽시간에 정적에 빠져들었다.

<여객선이 침몰하고 있어. 수학여행을 가던 고등학생들이 탄 배래.>

믿고 싶지 않은 전언이었다. 모임을 정리하고 자전거로 향하는 내내 경태는 무중력의 공간을 걷는 느낌이었다. 우선 집으로 가야할 것 같았다.

*

난폭한 바람이 앞집 빨간 벽을 휘돌더니 방향을 바꾸어 주방 창으로 돌진해온다. 이 난폭함을 타고 지숙은 어딘가로 내달리고 싶다.

언제부턴가 지숙의 머릿속을 지배하고 있는 키워드는 자세였다. 태도, 자세, 사고방식, 몸가짐을 전부 아우르는 애티튜드에 가까운 그런 자세였다. 작가의 자세, 며느리의 자세, 친구의 자세, 학부모의 자세, 겨울의 자세, 고양이의 자세, 남편의 자세, 아내의 자세, 동생의 자세, 딸의 자세, 그리고 엄마의 자세 등등.

하물며 사람이다. 우리는 모두 고유한 애티튜드가 있다. 없을 수가 없다. 다만 사이코패스도 그러한 애티튜드가 있다는 게 문제일 뿐이다. 지숙은 자세의 자리에 굳이 애티튜드를 넣어 입 밖으로 꺼내본다. 저도 모르게 주르륵 눈물이 흐르고 만다.

지숙이 여분의 가스버너에 불을 켜고 주전자를 올린다. 단풍나무 식탁에 놓인 『특별요리』를 펴든다. "이것은 손님이 살려주신 내 목숨과 손님의 목숨을 바꾸는 거나 다름없는 일입니다. 오늘 밤이든, 이 세상에 살아계실 동안은 어느 날 밤이든 스빌로즈의 주방에는 결코 들어가지 마십시오!" 래플러는 너무 기가 막혀 의자 속에서 몸을 뒤로 젖혔다. 이제까지의 모든 정황을 알아차리게 하는 기막힌 서술. 엘린은 상황에 강한 작가다.

점심에 모녀는 닭백숙을 해먹었다. 뭉근한 불에 오래 끓인

닭고기는 담백하고 부드러웠다. 닭고기를 먹으며 지숙은 스빌로즈의 주방을 생각했다. 닭이 삶아지고 고아지는 동안 솥 안의 닭을 자주 들여다보았기에 형체가 흐트러졌어도 그들이 먹는 게 닭고기란 건 의심의 여지가 없었다. 그런데도 그녀는 스빌로즈의 주방을 떠올렸던 것이다! 그녀의 무의식은 스빌로즈의 주방을 여전히 벗어나지 못하고 있다. 은밀하여 더욱 공포스러운 그 주방을.

식당 스빌로즈에서 나오는 가장 훌륭하다는 특별요리, 아밀스턴 지방에서 공수해 온 양(羊)으로 만든다는 그 희귀한 요리를, 아프가니스탄과 러시아의 경계에 있는 조그만 황무지라는 아밀스턴이라는 지역과 그 지역에서 난다는 양을, 그녀는 믿는다.

소설에선 아밀스턴 산(産) 양고기 요리가 실은 인육으로 만든 요리란 건 드러나지 않는다. 정말로 중요한 것은 그것을 밝히지 않고도 그것을 눈치 채도록 만드는 엘린의 놀라운 수련에 있다. 도대체 아프가니스탄과 러시아의 경계에 있다는 아밀스턴이란 곳을 우리가 왜 알아서 모셔야 하는지 모르겠는 것, 그게 진술의 힘이다.

꼼짝 않는 불청객 앞에서 오들오들 몸이나 떨 뿐인 나약한 모습이지만 지숙은 지금 어떤 진술이든 해야 한다고 생각한다. 그러나 끝내 노트를 펼치지 못한다.

*

길을 가다가도 경태는 울었다. 골목에 피어난 작은 꽃들을 보고도 끅끅 울음이 새어나왔다. 보현이가 듣는 음악소리가 방밖으로 나오면 그는 미칠 것 같았다. 얼굴이 빨개지도록 그는 다만 울고 또 울었다.

그 날 이후 경태는 전화를 받지 않았고 문자에도 화답하지 않았다. 페친들의 상태를 가끔 들여다보았지만 어떤 상태에도 '좋아요'를 누를 수는 없었다. 간혹 반동적인 언사에 분노가 일었지만 그가 꾸준히 한 일은 우는 거였다. 그래도 독서모임은 취소하지 않았는데 믿을만한 동무들의 얼굴을 보고 위로 받고 싶었기 때문이었다.

언제든지 어쩔 수 없이 경태의 생각은 다시 보현이로 옮겨오곤 했다. 그렇더라도 눈앞에 보이는 구체적인 보현일 되짚어 볼 수는 없었다. 보현이가 눈앞에 있다는 사실에 안심하는 자신이 부끄러웠다. 감정이나 생각이 그처럼 나아가는 것이 옳지 않다고 여겨졌기 때문이었다. 그동안 그는 한 명의 보현이만 사랑했다는 것을 알았다. 저 많은 보현이들을 절절하게 실감하지 못한 둔하고 매몰찬 어른이었다.

이 아이들은 나라 전체가 그의 그림자 아래에 놓였을 때에 세상에 태어난 빛이었다. 한 가족을 넘어 연대하는 혼이고 빛이었다. 아이들이 있었기에 우리는 세파를 헤치고나갈 수 있었다. 혼을 잃고, 빛을 잃은 지금, 이제 우리세대는 무엇으로 살아야 하는가.

경태는 벌써 두 번이나 집을 지나쳤다. 집으로 보현이를 데려왔지만 그는 집밖에서 서성댔다. 보현이를 마주하면 발가벗긴 채로 아이 앞에 서 있는 느낌이 들곤 했다. 때때로 아내 지숙마저 자신을 책망한다는 느낌이 들었다. 그럴 때엔 저도 모르게 소스라치게 놀라 몸을 떨곤 했다.

*

다행히도 불청객은 아직 저 방에 들어갈 수 없다. 저 밝고 아담한 방은 지켜져야 한다.

지숙은 종지에 간장을 따르고 고춧가루를 뿌린다. 다진 마늘과 겨자를 약간 넣은 소스를 휘저으며 마주보이는 방문을 살핀다. 보현은 저 밝고 따뜻한 방에서 나오지 않는다. 무사히 그를 피해 들어가 있으니 그러면 됐다고 지숙이 주

억거린다. 하면서도 덜덜 몸을 떤다. 과연 그거면 되었느냐고
묻고 싶은데 여전히 경태는 미귀가 중이다.

같은 문이 나란히 세 개나 있지만 지숙은 아래로 내려가는
계단을 감추고 있는 문을 정확히 찾아낸다. 그녀의 체온을
감지한 센서등이 들어온다. 베니어판으로 마감된 낡은 벽이
드러난다. 누덕누덕한 계단으로 지숙이 발을 내딛는다.

지숙은 오늘 내내 주방에 머물렀다. 아침부터 두통이 있다
는 보현을 위해 닭백숙을 해 먹였다. 콧물까지 흘리는 딸애
를 보다 못해 감기약을 사러 나가려다 보현에게 제지당했다.
감기쯤은 몸이 스스로 해결할 일이라며 약의 도움이 필요치
않을 일이라 말했다. 과한 처사라고 했다. 또박또박 군더더기
없는 말이었다. 지난겨울에도 버텼는데 왜 이렇게 호들갑이야,
하는 표정이 더욱 압권이었다. 고등학교에 입학한 아이는 이
제 완전한 인간이 되어 있었다. 감수성의 폭발 뒤에 습득한 냉
철한 판단력은 더욱 빛이 나서 낡은 부모는 가끔 무안해졌고
위축이 되곤 했다.

지숙은 중간층에서 무사히 계단을 바꿔 내딛는다.

경태는 누구라도 일정을 소화해야 이 집이 유지된다는 양
아침식사 후 곧바로 집을 나갔다. 보현이 학교가 아닌 이 집
에 있다는 것만으로도 경태는 벌써 안심을 한 모양이었다. 비

탄이 출렁대는 집을 떠나 그저 거리에서 홀로 울고 싶은 건지도 모른다. 도서관 강좌개설 오리엔테이션이 그의 오전 일정이었다. 오후엔 꼬맹이 둘에게 독서지도 과외를 했을 것이고 저녁엔 문예지 편집회의가 있는 날이다.

책방엔 퀴퀴한 곰팡내뿐이다. 지숙이 찾는 물건은 쉽게 눈에 띄지 않는다. 이 방 저 방을 뒤진 끝에 지숙이 전기스토브를 찾아낸다. 최강으로 다이얼을 맞추지만 책방에 꽉 들어찬 냉기는 물러설 기색이 아니다.

기름 한 드럼은 3주를 채우지 못하고 떨어지곤 했다. 실내온도는 늘 8도에 머물러 있었다. 이따금 실내온도가 7도로 떨어지면 맥없이 눈물이 나기도 했다. 머물러 있는 건 절대로 쉬운 일이 아니다. 머물려는 자세가 아무리 드높아도 그렇다. 자세가 훌륭하대서 생활이 양질이 되는 것은 아니다. 보일러의 온도계를 보며, 8과 7사이에서, 지숙은 유지하고 머무는 일의 수고로움에 목이 메었다. 발끝에 벼랑이 있음을 실감했다.

곡우도 지난 이 한창의 봄에도 불청객의 자세는 여전히 굳세다. 지숙이 전기스토브 옆으로 간이책상을 옮겨온다. 책상 위에 놓인 노트북을 연다. 습관처럼 자판을 두드린다. 문맥을 잃은 글자들이 파편처럼 박힌다.

당신은 피로해서 두렵지 않다.

나는 두려워서 피로를 모른다.

황사와 미세먼지 탓이란다. 뿌연 대기를 설명하는 이 구체적 원인들을 나만 의심하는 건가?

그들이 거쳐 온 집들은 거의가 허술했다. 겨울을 나는 일이 언제나 힘에 부쳤다. 수도가 동파되기 일쑤였고 기름값을 아낀다고 들여놓은 연탄난로를 잘못 다뤄 불이 나기도 했다. 아버지 병수발을 하던 어머니가 낙상하여 팔목이 골절되기도 했다. 지숙은 틈틈이 식당에서 설거지를 했고 초등학교동창이 소개해준 여관에서 청소를 하기도 했다. 여러 일당벌이 잡일을 해왔지만 살림은 나아지지 않았다. 보현이 고등학생이 된 지금도 그녀는 틈틈이 모텔청소와 식당설거지를 하며 문맥을 잃은 글자들을 습관처럼 찍어댔지만 그래도 괜찮았다.

그녀는 겨울을 나야한다는 핑계로 수련에 게을렀으며 제대로 준비되지 않았기에 문장이, 구조가 구태의연했다. 글이 곧 자신이라는 믿음을 버리지 않았지만 믿음과 상관없이 글은 그녀를 소외시켰다. 그녀는 쓰고 있는 동안 사라지는 실감의 시간과 여전히 타협하지 못한 채 두통에 시달렸다. 그래도 괜찮았다.

그러나 지금은 도무지 괜찮지가 않다. 보현은 하루 온종일 제 방에 박혀 음악만 틀어대고 있다. 무엇에서 멀어지려고 저러는 걸까? 무엇을 간직하려고 저러는 걸까? 아이의 눈부신 의도를 엄마는 짐작할 수가 없다. 고작 걱정뿐인 엄마를 아이야, 버려라. 너의 비상(飛翔)을 막는다면 학교도 나라도 모두 버려라, 아이야.

세계가 한꺼번에 너무 늙어버렸다는 생각이 들었다. 망각의 강을 건너온 듯 삶이 아득하게 지워지는 거였다.

*

단풍나무 식탁 위에선 칼국수가 보글보글 끓고 있지만 누구도 젓가락을 들지 않는다. 부부는 소주 두 병을 다 비웠다. 경태가 한 병을 더 따며 말한다.

"아이들은 우리보다 훨씬 민감하지. 훨씬 자유롭고 훨씬 착하지. 그걸 우리가 모르지 않았잖아?"

자리를 뜰 기색도 없이 불청객은 여전히 술상 앞에서 부부를 바라보고 있다. 그의 얼굴은 거대한 암흑이다. 부부의 낯빛이 어둡다.

불청객의 방문은 일 년에 길어야 넉 달이었다. 그가 없는 시간이 훨씬 더 길었기에 그들은 우애를 모조리 다 잃어버리지는 않았다. 불청객이 사라지면 여전히 서로에게 섬세했고 따뜻한 빛 아래 넉넉했다. 그러나 진작 떠났어야 할 그가 어떤 호재에 힘입어 여전히 이곳에 머물고 있다. 하여 평온이란 불가하다. 어쩌면 아주 잃어버린 꿈이 되고 만 건지도 모른다.

"이 냉랭함에 나는 아주 위축이 되어 버렸어. 이러다간 우린 갇힐 거야. 우리만이 아니라 다들 그렇게 되고 말거야. 우린 급속도로 얼어붙고 말거야. 움직여야 해. 뭐든 해야 해."

경태는 차분하려고 애쓰며 조용조용 말한다. 지숙의 입은 좀처럼 열리지 않는다. 경태는 이내 또 울음을 매단 한숨을 내쉰다. 지숙은 싸늘하게 식어버린 닭고기를 씹는다.

입은 먹는다. 입은 이야기한다. '이야기한다'는 행위는 '먹는다'고 하는 사물과 신체를 교착시키는 행위로부터 엄밀하게 분리되어야 한다는 누군가의 전언이 다시 그들을 압박하고 있다. 그들은 요즘 먹는다는 행위에 입이라는 신체를 9할 이상 사용하고 있다. 이야기는 좀처럼 신체와 교착되지 않고, 그러니 입을 통과해 나올 리도 없다. 그들의 이야기는 그들의 입을, 손을 영영 찾지 못할 것만 같다. '이야기한다'는 것은 신체로부터 무형의 사물을 분리시키는 행위이다. '먹는다'는 것이 외부의 사물을 나의 신체를 통해 안으로 소화시키는 거라면 '이야기한다'는 것은 우리들 신체 밖으로 사물을 토해놓는 행위다. 물론 그 무형의 사물을 수용하는 다른 신체를 파괴하거나 생성시킨다는 점에서 무형일지라도 물리적인 힘을 지니고 있다. 파괴나 생성이란 점에서 보면 그 무형의 사물이 다른 신체에 들러붙는다는 의미니, 이 또한 교착의 일종이다. 그러나 그 교착은 실제적 생물학적 교착이 아니라 관념적 문화적 교착이다.

지숙이 소리를 내며 끓고 있는 냄비를 내려놓는다. 애달프게 들려오던 빗소리가 잦아들었다. 그녀는 새삼 안도한다. 비마저 내리는 건 옳지 않다고 큰소리로 말하고 싶다. 하지만 여전히 입이 떼어지지 않는다.

그녀는 언제나 발화의 어려움을 겪어왔다. 그녀의 말은 늘 모호하다. 그녀에겐 분명하고 정확한 것이 낭비처럼 여겨졌다. 분명하고 정확한 것은 순간의 실감에나 있는 것이라고 그녀는 생각했다. 분명하기 위해, 정확하기 위해 거짓이기 일쑤인 근거를 모으는 그 시간의 낭비를 그녀는 참을 수 없었다. 하여 그녀는 그저 순간에만 존재한다. 안타깝지만 사실이다. 매초의 실감을 버리고 다른 이야기를 찾아 그 안에 머문다면 이 시간의 진실은 누가 밝히나. 무능한 그녀의 입은 여전히 굳게 닫혀있다.

그녀는 늘 자신을 의심한다. 그러므로 그녀에게 생각의 유지란 거의 불가능에 가깝다. 하지만 순간의 저를 겨우 지속할 수 있는 때가 있다. 무엇인지 분명하지는 않지만 꼬물꼬물한 그것을 느끼려고 몸과 마음을 여는 최소의 지속이 있다. 양심적인 최소의 지속. 문장이 되는 최소의 시간. 그녀는 아무도 모르게, 저도 모르게 애써 잡아 둔 그 시간을 재빨리 한달음으로 달려 나와 변수를 내치고 순수에 머물곤 했다. 그러는 것이 작가의 올바른 태도라고 생각하는 것 같았다. 경태가 보기에 그랬다.

경태가 다시 입을 연다.

"아무리 우리가 비인간으로 추락하려해도 이미 우리에겐 훌륭한 일상적 간섭들이 있지. 가족이 있고 친구가 있으며 생존본능이라는 훌륭한 내적 장치가 있으니 우리는 대다수의 사람들과 거의 똑같은 메커니즘 안에 잘 존재해 있지. 그게 자연스런 거겠지. 하지만 그것이 이처럼 난망할 줄이야…. 인간이란 게 얼마나 무력한 건지, 얼마나 부자유한 건지…."

지금 지숙은 한 시간 넘게, 좀 오래다 싶게 경태를 단절시키고 있지만 그와 저 사이에 쳐둔 이 장막을 또 슬쩍 거둘 것이다. 그래야 살 수 있다고 자위하며 그들은 다시 모호해지고 불분명해진 채 끈끈한 우정과 단단한 애정 사이 어디쯤에 잘 존재할 것이다. 경태와 지숙은 머잖아 자연스럽게 다시 부자유해질 것이다.

"빌어먹을."

지숙이 낮게 탄식한다. 고작 그뿐이다.

*

그날 아침 지숙은 늦잠을 잤다. 보현이 귀가하면 맛있는 걸 해주라고 당부하며 경태가 출장을 갔다. 꿈인 줄 진작 알았다. 출장을 간다는 남편도 남의 꿈에 찾아 온 시인도 낯설었지만 꿈이니 어쩔 수 없었다. 꿈에 들어온 시인께서 말씀하셨다.

"자넨 왜 안 가는가?"

어디요? 어디를 가야하는지 몰랐으나 지숙은 시인을 따라 나섰다. 잠깐 다녀와도 보현의 하교까지는 시간이 충분해보였다. 꿈이 아니라 현실에서라면 보현은 주말에나 집에 올 수 있는 처지였지만 지숙은 보현의 귀가를 의심하지 않았다. 그녀는 여전히 자신이 꿈속에 있다는 걸 알고 있었다.

집밖으로 나오니 다만 시인과 시인을 뒤따르는 자신 외엔 아무도 없었다. 서서히 하늘이 내려오고 바다가 서서히 일어서며 길이 비스듬히 기울었고 시인과 함께 지숙은 비탈 아래로 굴러 떨어졌다.

물속이었다. 비탈 아래에 강이 있는 것은 흔한 일이니 강물도 받아들였다. 그러려니 하며 지숙은 꿈 안에 머물렀다.

물속을 헤엄쳐 나갔다. 아니 물살에 맡겨 흘러갔다. 숨도 가쁘지 않았다.

저와 시인 중에 몸을 세워봐야겠다고 누가 먼저 생각했는지는 모르겠다. 그들은 강바닥에 발을 딛고 일어섰다. 물은 허리춤에서 찰랑댔고 두 사람은 어렵지 않게 물밖으로 걸어 나왔다.

지숙은 시인에게서 눈을 돌렸다. 그는 알몸이 되어 있었다. 지숙은 저를 훑어보았다. 젖은 채였지만 자신은 충분히 옷을 입고 있었다. 긴 윗옷을 벗어 시인에게 입혔다. 간신히 그의 엉덩이가 가려졌다. 어디로든 따뜻한 곳으로 가닿기를 바라며 걸음을 옮겼다.

처음 와보는 곳이었다. 다른 나라였다. 이국의 왁자한 골목을 걸어가는 시인의 앙상한 다리가 어쩐 일인지 지숙은 부끄러웠다. 시인을 네거리에 세워두고 옷가지를 장만하려고 길을 헤치고나갔다. 초라한 행상리어카엔 다행히 반바지로도 입을 수 있는 사각 팬티가 있었다. 물에 젖은 돈이었지만 상인은 투덜대지도 않았다. 지숙은 시인이 기다리고 있을 교차로로 바삐 걸음을 옮겼다.

아… 그러나… 꿈속에서 지숙은 길을 잃었다.

시인 서 계신 네거리가 어디더라 기억을 더듬다가 기억이나 더듬을 새가 없다며 조급해져선 눈에 보이는 길들을 달려 나갔다. 어느 길이 그 길과 이어질지 몰랐다. 끝내 길은 네거리로 그녀를 데려다주지 않았다. 지숙은 시끌벅적한 시장 한가운데 서 있었다. 시인이 서 계신 네거리를 잃고 집 방향을 잃고 다만 고소한 냄새에 이끌려온 두부집 앞이었다.

무턱대고 안으로 들어가 두부 한 접시를 주문했다. 어서 빨리 허기를 면하고 싶은데 상아로 만들어진 젓가락은 들리지 않았다. 젓가락을 두고 손으로 두부 한 점을 집어 먹었다. 물컹하고 뜨듯한 두부의 감촉에 이상하게도 오싹해져선 두리번댔다. 네거리에서 목을 빼고 기다릴 시인이 떠올랐다. 손님들을 살폈다. 누구도 그녀에게 관심을 두지 않고 있었다. 멀찍이 주인내외가 손님 시중을 들고 있었다. 재빨리 그녀는 허리춤에 두부를 감춰 도망쳐 나왔다.

주인 내외의 욕설이 뒷덜미를 잡아챘지만 멈추지 않고 내달렸다. 간신히 시장통을 벗어났지만 머리가 점점 무거워졌다. 뜀박질은 불가능했다. 이국의 와자한 거리들을 걸어 나가며 지숙은 생각을 하려고 애썼다. 중요한 곳에 데려갈 반라의 시인이 서 있는 네거리로 가려면 어디로 가야하나? 하교하는 딸애를 맞이해야 할, 집 방향은 어디일까?

길을 잃었다는 무시무시한 자각이 그녀의 머릿속을 후비어 왔다. 어린애처럼 당장이라도 앙앙 울음보가 터지려는데 입이 다물리고 가볍게 몸이 떠올랐다. 구름을 비끼어 노을이 쏟아 지고 있었다. 그 노을빛이 눈부셔 눈을 감았다. 감긴 눈꺼풀 위로 어둠이 무겁게 내려앉았다.

발끝까지 힘을 모아 눈을 떴다. 천정이 보였다. 왱왱 모기 만한 소리가 들려오는 쪽으로 고개를 돌렸다. 아침 열시가 지나있었다. TV가 켜져 있었다. 바다가 보였다. 비스듬히 넘어 간 배가 보였다. 지숙은 꿈에서 채 빠져나오지 못했구나, 생 각했다. 하지만 꿈이 아니었다. 커다란 여객선이 바다에 가라 앉고 있었다.

무참히 TV앞에 앉아 밤을 기다렸다. 야간자율학습이 끝나 는 시간에 부부는 학교기숙사에 있는 보현을 데려왔다. 다음 날 부부는 딸애를 학교에 보내지 않았다. 담임께는 며칠 가 족여행을 간다는 핑계를 댔다. 언제나 핑계를 먼저 생각하는 자신들이 또 부끄러웠다.

두 병씩 나눠 먹은 소주에 부부는 정신을 잃었다. 식탁위로 널브러져 너덜너덜한 각자의 꿈속을 헤매며 벌써 검은 망토자락에 묻혀 버렸다.

검은 그림자가 이 집의 마지막 남은 작고 아담한 방마저 덮치려고 몸을 끌어가고 있다. 어째서 그림자는 검은가? 저 문이 끝내 열릴 것인가.

문 안의 소녀는 햇살이 비쳐드는 창 앞에 앉아있다. 음률이 브라운운동을 하는 입자처럼 작은 방의 벽을 밀어내고 있다. 기숙사에선 네 명이 한 방을 써야 해서 이어폰 없이는 음악을 들을 수 없었으므로 집에 오면 보현은 오디오의 볼륨을 높여놓고 종일 음악을 들었다. 엄마가 혼수로 장만했다는 낡은 소니 오디오는 아직도 소리가 좋았다. 보현은 오늘도 오아시스의 리브 포에버를 듣고 또 듣는 중이다. 화자에게 연인이 있다. 힘겹지만 둘은 서로 의지하고 있다. 화자가 누군가에게 불러주는 노래를 보현은 그 누군가가 되어 듣고 있다. 희망의 소리가 있다면 그건 이런 노래일 거라고 생각하는 중이다. 너랑 나랑 영원히 살자는.

어제는 벨벳언더그라운드의 캔디 세즈만 들었다. 어떤 날은 조용조용하고 단순하며 예쁜 노래가 듣고 싶어진다. 캔디 세즈가 그런 노래다. 사색적이고 예민하여 문학적이라고도 느껴지는 가사에 맘이 이끌려 들어가는 것이다. 캔디는 말하지 난 조용한 곳이 싫어. 앞으로 다가올 미래를 알 수 없는 조용한 곳이 싫어….

집에 온 첫날은 영국의 펑크밴드 클래쉬만 들었다. 특히 런던 콜링을 무한반복으로 들었다. 런던이 불타서 잠기고 있지만 나와는 상관없다는 가사를 따라 부르며 분명한 적의를 키웠다.

보현은 록밴드의 기타리스트가 되고 싶다. 머리를 길러 하얗게 염색을 하고 하얀 콧수염을 길게 길러(여성이기에 불가능하다고 부모는 웃으며 말했지만 보현은 흥, 코웃음을 쳤었다) 무대에 서고 싶다. 기숙사에서 건반과 베이스를 맡아줄 동무들을 만났다. 이제 보컬만 영입하면 밴드가 결성될 거였다. 이 모두가 아직은 꿈이지만 꼭 실현될 거라고 보현은 믿는다. 하지만 당장은 그 친구들과 만나는 게 먼저다.

기숙사를 나온 건 보현만이 아니었다. 하지만 등교도 하지 않는 건 저 뿐인 듯했다. 석식(夕食)시간에 건반을 맡기로 약속한 친구에게서 카톡이 왔다.

해외에서도 카톡은 되잖아!! 돌아왔겠지? 무정한 녀석.

보현은 답장하지 않는다. 이번 수학여행에 다녀온 제주도 말고는 해외로 나가본 적이 없다는 걸 동무는 모르는 모양이었다.

내일부터 중간고사인 건 알지? 등교해라. 꼭 꼭.

보현은 등교하겠다는 답장을 할 수 없었다. 창으로 쏟아지던 햇살이 갑자기 거두어졌다. 끝내 문이 열렸다. 빛이 사라지고 어둠이 들어찼다. 모든 무겁고 흉한 것들이 방안을 가득 채웠다. 오아시스의 노래가 멎었고 달그락대던 문밖의 소리도 들리지 않았다. 엄마는 아빠는 어디에 있나. 엄마아빠가 있는 단풍나무 식탁으로 나아가야 할 것을 알지만 먼저 그를 통과해야 한다. 할 수 있을까? 나는 아직 어린데 해낼 수 있을까?

보현의 볼에 눈물이 흘러내린다. 그 날 그 안에서 누군가는 리브 포에버를 들었을 것이다. 그 날 그 안에서 누군가는 같은 꿈을 꾸고 있던 동무를 격려하며 손을 잡았을 것이다. 그 날 그 안에서 수학의 기울기를 실전에 응용하며 농담을 하기도 했을 것이다. 그 날 그 안에서 아직 철부지 동생을 걱정했을 것이다. 그 날 그 안에서 떨어지지 말자고 조끼 끈을 함께 묶었을 것이다. 그 날 그 안에서 너무나 조용한 엄마아빠를 걱정하며, 문 밖의 엄마아빠에게, 가야한다고 정신을 가

다듬었을 것이다. 그 날 그 안에서, 어두워진 그 안에서, 서로 나눠쉬자고 숨을 조금씩 참았을 것이다.

갑자기 문이 열리고 억세고 무겁고 침울하며…, 너무나 낡아버린 검은 망토가 들이닥쳤을 때 또 누군가는 가만히 그에게 손을 내밀었으리라.

"나랑 악수할래?"

아빠 말이 나는 우리 집의 카루시파래. 캐스퍼, 빛. 공주가 살고 왕자가 사는 성(城)을 움직이는 혼. 그래서 네가 나를 어둡게 할 수가 없대. 그래서 엄마와 아빠도 빛 아래 몸을 둘 수가 있대. 나는 알아. 여기에 수백의 카루시파가 빛나고 있다는 것을. 따뜻하고 밝고 환한 곳으로 움직여가고 있다는 것을.

늙어버린 불안과 절망을 걸친 부모들을 넌 이겼다고 생각하지? 그렇게 힘이 세면 너는 어째서 나와 악수하지 못하지?

"자, 나랑 악수할래?"

엄마 말이 오류와 한계는 다르댔어. 오류는 나쁜 말이고 한계는 나쁜 말이 아니야. 나는 그렇게 이해했어. 누구든 무엇이든 한계가 있지. 너 역시 그렇지. 자, 이제 너의 한계를 인정하렴. 내가 손을 잡아줄게. 칙칙하고 무거운 망토를 들춰줄게. 너는 가만히 내 손을 잡으면 돼.

두려워하지 마. 우리는 달라. 우리는 우리가 그토록 사랑하고 믿는 우리 엄마아빠와도 달라. 믿어봐. 우리가 잘못하면 그땐 네 맘대로 해. 그땐 너를 따를게. 하지만 지금은 우리를 믿어야 해. 우리는 달라. 우리는 네가 적대하지 않을 마지막 가능성이야. 그 무거운 망토를 벗겨줄게. 우리는 달라. 우리는 카루시파야. 어둠에 갇힌 널 밝혀줄 빛이야.

"나랑 악수할래?"

보현의 손으로 가늘고 긴 무엇이 흘러들었다. 물컹거려 징그러웠지만 소녀는 그것을 부드럽게 맞잡았다. 멀리서 여명 같은 저녁 빛이 창을 향해 달려오는 게 보였다.

소니 오디오에선 오아시스의 보컬이 누군가를 향해 영원히 함께 살자고 다시 노래했다. 리브 포에버. 아빠가 좋아하는 노래였다. 엄마가 좋아하는 노래였다. 또한 자신이 좋아하는 노래였다. 보현은 이 노래가 그 안의 친구들에게 음파로 가닿고 있다고 믿었다.

"다 모두… 이처럼 이쁜데…."

보현은 눈앞에 떠오르는 얼굴들 하나하나를 바라보면서 울음을 터뜨렸다. 모두를 하나하나 칭찬하고 싶은데 다만 이쁘다고밖에 말할 수 없어서였다. 소녀의 첫 절망이었다.

아이의 팽팽하고 부드러운 손가락에 떨어진 굵은 눈물에

그가 화들짝 놀라 손을 뺐다. 검은 망토를 벗은 알몸의 저를 보았지만 그는 부끄럽지 않았다. 부끄럽고 미안하여 고개를 들 수 없는 건 무수한 경태였고 무수한 지숙이었다.

*

　방이 많은 집이었다. 방이 많아도 쓸모가 없는 집이었다. 오직 하나의 방, 밝고 따뜻하여 아늑하던 그 방을 지키지 못해서 집은 곧 무너졌다. 그런데도 밝은 그 혼들이, 그 빛들이 제 살던 집을 찾아 길을 나섰다는 거였다.

　그 날 이후 어른들의 입은 봉인되었다. 말도 노래도 다만 아이들 사이에 존재했다. 세상은 선과 악이 아니라 아이와 어른으로 대별되었다. 빛 아래 아이들, 어둠 속의 어른들. 마땅히 그래야 했다.

　세월이 한참 흐른 뒤 제때에 맞춰 다시 꽃들이 피어났다. 가장 나중에 소생한 건 어둠에 갇혔던 어른들이었다. 참으로 긴 세월이 흘렀지만 아이들은 지치지 않고 빛을 뿌려주었다. 그 빛에 힘입어 어른들이 살아났지만 그 빛을 피해 더 깊은 어둠 속으로 들어간 어른들도 상당수 있었다. 어쩔 수 없는 일이었다. 어쩌면 미래를 위해선 다행한 일이었다고 혹자는 말하기도 했다.

작가의 말

이틀 전 내가 사는 지역이 커다란 수해를 입었다. 안부를 묻는 지인들의 전화가 적지 않았다. 다행히 우리 골목은 재해를 입지 않았지만 불행하게도 수재를 당한 이들이 적지 않았으며 가혹하게도 또 몇 분은 목숨을 잃었다. 돌이켜보면 삶은 크고 작은 재앙의 파노라마였다. 산다는 건 결국 죽음을 향해 묵묵히 걸음을 내딛는 거로구나 싶다. 고해(苦海)다. 한 괴로움이 지나면 더 큰 괴로움이 다가오곤 한다. 그런데도 살아 있는 우리는 다시 몸을 일으키고 뜻을 모아 그 길 위로 올라선다. 뻘이 된 집을 치우고 전기를 복구하고 유실된 길을 연결하는 손에 손을 보태며.

이 하찮은 글이 기댈 곳도 바로 그 지점밖에 없다. 하찮고 하찮아서 헛웃음이 나지만 하찮게라도 존재할 수 있도록 나의 이웃이, 나의 동무들이 얼마나 애쓰고 있는지 잘 알고 있다고 말하고 싶었다. 우리 소설에서는 잘 쓰지 않는 제목이라는 생각을 하면서도 나는 〈소생기〉라는 제목을 고집했다. 소생하는 시간 혹은 기간이란 뜻으로 붙여본 것인데 우리 문법에 이런 조어가 가능한지는 잘 모르겠다. 그저 재앙들 앞에서 속수무책 쓰러진 이들이 다시 삶을 이어가려면 주변에 동무들이, 이웃들이 있어야 한다는 믿음으로 썼다. 그 재앙이 엄청나든 미미하든 넘어진 당자에겐 얼마나 가혹한가. 넘어진 이를 일으켜 주는 건 다정한 눈빛과 따스하게 내미는 손으로

도 충분하다고 말하고 싶었는데, 손은 따라주지 않고 고개
만 자주 꺾였다.

2017년 7월

윤 이 주